“非遗广西”丛书编委会

百鸟衣

羽光绚丽的传奇

非遗广西

广西壮族自治区党委宣传部当代文学艺术创作工程扶持项目

何述强 著

漓江出版社

图书在版编目（CIP）数据

百鸟衣：羽光绚丽的传奇 / 何述强著. -- 桂林：漓江出版社，2022.6（2025.1 重印）
（非遗广西）
ISBN 978-7-5407-9241-1

Ⅰ. ①百… Ⅱ. ①何… Ⅲ. ①民间故事—介绍—广西 Ⅳ. ① I207.73

中国版本图书馆 CIP 数据核字（2022）第 079950 号

出版人	刘迪才	责任编辑	吴 桦
出版统筹	郭玉婷		黄 圆
设计统筹	姚明聚	责任校对	苏子新
印制统筹	罗梦来	责任印制	杨 东
音像出品	韦志江	音像监制	滕耀胜
音像统筹	陆春泉	音像编辑	钟智勇

出　　版　漓江出版社有限公司
广西桂林市南环路 22 号　邮政编码　541002
发行电话　0773-2583322
印　　装　三河市嵩川印刷有限公司
开　　本　1230 mm × 880 mm　1/32
印　　张　4.75
字　　数　95 千字
版次印次　2022 年 6 月第 1 版　2025 年 1 月第 2 次印刷
书　　号　ISBN 978-7-5407-9241-1
定　　价　49.00 元

前言

文化是民族的血脉，是人民的精神家园。习近平总书记强调，“中华民族在几千年历史中创造和延续的中华优秀传统文化，是中华民族的根和魂”。党的十八大以来，以习近平同志为核心的党中央高度重视中华优秀传统文化保护传承工作。中共中央办公厅、国务院办公厅 2017 年 1 月印发的《关于实施中华优秀传统文化传承发展工程的意见》强调，实施中华优秀传统文化传承发展工程，是建设社会主义文化强国的重大战略任务，对于传承中华文脉、全面提升人民群众文化素养、维护国家文化安全、增强国家文化软实力、推进国家治理体系和治理能力现代化，具有重要意义。非物质文化遗产是中华优秀传统文化的重要组成部分，是中华文明绵延传承的生动见证，是联结民族情感、维系国家统一的重要基础。保护好、传承好、利用好非物质文化遗产，对于延续历史文脉、坚定文化自信、推动文明交流互鉴、建设社会主义文化强国具有重要意义。

2017 年 4 月，习近平总书记视察广西，来到合浦汉代文化博物馆，指出这里有着深厚的文化底蕴，要让文物说话，让历史说话，让文化说话，要加强文物保护和利用，加强历史研究和传承。2021 年 4 月，恰逢“壮族三月三”活动期间，习近平总书记再次亲临广西视察，专程到广西民族博物馆观看壮族织锦技艺、壮族天琴艺术等非物质文化遗产项目的展示展演并给予高度肯定。2021 年 6 月，习近平总书记在给老艺术家黄婉秋的回信中说，你主演的电影《刘三姐》家喻户晓，让无数观众领略到了“刘三姐歌谣”文化的魅力。总书记同时指出，深入生活，扎根人民，把各民族共同创造的中华文化传承好、发展好，是新时代文艺工作者的光荣使命。习近平总书记的重要指示，为我们做好广西文化遗产保护传承工作提供了根本遵循。

广西地处祖国南疆，是一个多民族聚居的地区，有壮、汉等 12 个世居民族。长期以来，各民族交往交流交融，和睦相处，团结奋斗，在八桂大地共同创造了光辉灿烂的历史和文化。广西各民族在适应自然，创造历史，与自然和历史对话过程中创造出多姿多彩、丰富厚重，具有极高历史价值、文学价值、艺术价值和科学价值的民族文化，为我们留下了宝贵的非物质文化遗产。这些遗产，一方面是各民族在广西这片亚热带土地辛勤耕耘的见证，另一方面也反映了广西各民族之间交往交流交融、共建壮美家园的历史，有力佐证了我们 56 个民族是命运与共的中华民族共同体。

广西非物质文化遗产以其多元化的形态体现着各民族的聪明智慧和非凡的创造力，是传承各民族文化根脉的宝贵资源财富，是激励各民族团结奋进、锐意进取的不竭动力和源泉，对继承和弘扬中华优秀传统文化，推动社会主义文化大发展大繁荣具有重要意义。为保护各民族共同创造的非物质文化遗产，广西采取积极有效措施，加强非物质文化遗产的保护与传承。截至 2022 年 6 月，广西共有 70 项国家级非物质文化遗产代表性项目，先后有 49 名传承人被认定为国家级非物质文化遗产代表性传承人；共有 914 项自治区级非物质文化遗产代表性项目，先后有 936 名传承人被认定为自治区级非物质文化遗产代表性传承人。

2021 年 8 月，中共中央办公厅、国务院办公厅印发《关于进一步加强非物质文化遗产保护工作的意见》，要求加强非物质文化遗产相关出版工作，加大非物质文化遗产传播普及力度，出版非物质文化遗产通识教育读本。为认真贯彻落实习近平总书记关于文化遗产保护的系列重要指示精神和中办、国办有关文件精神，深入实施中华优秀传统文化传承发展工程，保护、传承非物质文化遗产，广西壮族自治区党委宣传部组织广西出版传媒集团旗下 7 家出版单位编纂出版了广西非物质文化遗产普及读物——“非遗广西”丛书，并将其列入广西当代文学艺术创作工程三年规划（2022—2024 年）给予扶持。“非遗广西”丛书共 20 种，每种均附音频、视频等数字出版内容，通过融合出版方式增强丛书的通俗性、可读性、趣味性，全方位展示广西丰富多彩的非物质文化遗产。这对于加强广西非物质文化遗产保护、传承和开发利用，提升广西优秀传统文化影响力和传播力，建设新时代中国特色社会主义壮美广西，铸牢中华民族共同体意识具有重要意义。

目录 MULU

羽衣飞来：壮族百鸟衣故事的流布与起源

羽迹探寻：百鸟衣蕴含的文化内涵

羽中天地：百鸟衣故事中隐藏的壮族文化信息

羽衣飞来：壮族百鸟衣故事的流布与起源

流传在横州市的壮族百鸟衣故事

壮族百鸟衣传说重要的发源地横州市，位于广西的东南部，是一个历史悠久、多民族聚居的地方。说它历史悠久，是因为从汉武帝元鼎六年（公元前 111 年）开始有建制至今，已有 2100 多年历史。郁江流经其地，也叫槎江，传说有仙人横槎其上，遂有槎江、横州之说。

汉朝伏波将军马援平交趾征侧、征贰之乱时途经横州市。志书上说他疏浚了郁江的航道，当地人民感念其功德，就在郁江北岸的乌蛮滩修建了雄伟壮观的伏波庙。整个珠江流域大大小小的伏波庙有几百座，而横州市的伏波庙可以说是建庙时间最早、规模最大的一座，享有极高的知名度。

写出“两情若是久长时，又岂在朝朝暮暮”如此经典名句的北宋大词人秦观，在被贬谪至横州时创作了不少诗词，留下了文化的幽香，开启了一方文脉。现在的横州市依然以各种方式纪念这位文化名人。

明代大旅行家徐霞客也曾经游历过横州市。他游览名胜宝华山，一方面了解宝华山的地学资料，另一方面还考证了明朝第二任皇帝朱允炆曾驻足宝华山的史实，这在他的游记中记录得十分详细。

横州市伏波庙

另外明代著名的思想家王阳明，受命到广西平思田之乱，夜晚乘船途经乌蛮滩，听说滩上有伏波庙，他立即弃舟登岸，抱病入庙拜谒伏波将军。他进入庙里后，恍惚间发现一切景象是那么熟悉，仿佛前生已经见过。原来，他十五岁时做过一个梦，梦见自己游览了一座伏波庙，醒来后还写了一首诗。如今见到的情形，与四十年前的那个梦境一模一样，他的惊讶可想而知。他当即赋诗二首，其中有两句云："四十年前梦里诗，此行天定岂人为？"许多重要的历史人物，他们的命运都与横州市有所联系。

横州市是一个多民族聚居的地方，以壮族为主，民族风情浓郁。境内风光秀美，人杰地灵，气候温和，物产丰富，盛产茉莉花，被称为“中国茉莉之乡”。历史文化与民族文化在这里交相辉映。

壮族百鸟衣传说就诞生在这片土地上。

目前在横州市，百鸟衣故事至少有四个版本。第一个版本就是现在世人熟知的版本，因知名作家韦其麟先生于1955年发表的叙事长诗《百鸟衣》而广泛流传。民间故事百鸟衣的男主人公叫张亚原，公鸡姑娘是没有名字的。古卡和依娌是韦其麟先生创作《百鸟衣》长诗时给他们起的名字。后来因为《百鸟衣》长诗的影响力，许多人在讲述百鸟衣故事时直接引用了这两个名字。

这个版本是校椅镇文村韦世足讲述的，大致内容是：张亚原与母亲相依为命，母亲做些针线活，张亚原上山砍柴，勉强维持生计。后来张亚原改做卖糍粑[1]的生意，有一天卖完糍粑过桥时，一只公鸡跳到他的担子上跟他回了家。他的母亲劝他不要拿别人的鸡，让他拿出去放。谁知道每次回来，公鸡都比他回来得早，他便把公鸡养在了家里。没承想过了一段时间，公鸡竟变成了一个姑娘。两人相恋，并结为夫妻。

婚后半年，妻子要张亚原到圩里开店，店名叫“张亚原逢货有”。不料引起了到广西做官的新科状元的嫉恨，状元出了三道难题：一是买一千把洋伞；二是买一千双鞋子，并规定每双鞋子的长度都不许一样；还有一道难题是买一千只鸟，规定都得是公的，每只鸟重一斤。张亚原在妻子的帮助下都

1 也有说是卖油团、油堆的。

横州市茉莉花田

解决了。状元感到很奇怪，找人打探之下才知道张亚原有个十分聪明漂亮的妻子，而且她用笔在纸上画的东西都能变成真的。状元想做更大的官，于是设法抢走张亚原的妻子献给皇帝。妻子被抢走前交代张亚原抚养好未满一岁的小孩亚德，十年之后用卖货所得的银子买一百只白鸽，并将这些白鸽的羽毛做成一件百鸟衣，再买一鼓一锣，带着小孩到京城去找她。

十年之后，张亚原完全按妻子交代的去办。正是这件百鸟衣发挥了作用，张亚原顺利地进入皇宫表演。自从被抢到京城以后，张亚原的妻子十年都没跟皇帝讲过一句话，整天愁眉苦脸，以泪洗面，无论皇帝用什么办法都无法让她开心。张亚原父子来到京城的那一天，她对皇帝说：你看街上舞鸟衣的，一老一幼，多么好看呀。看她脸上高兴得发出光来，皇帝感到很奇怪，为了讨好她，就把张亚原请到皇宫来表演。张亚原见到妻子心里非常高兴，要儿子使劲打鼓敲锣，自己则非常卖力地跳鸟衣舞，让妻子笑得合不拢嘴。皇帝对她说：你今天这样高兴，真使我快乐极了，我也要舞一下给你看。于是皇帝脱下龙袍，命令张亚原脱下百鸟衣给他穿。皇帝穿上百鸟衣跳起舞时，张亚原的妻子厉声大喝：这是哪里来的畜生？敢在堂堂的皇宫里做如此怪舞，给我狠狠地打！皇宫卫士将皇帝乱打一顿，结果这个昏庸好色的皇帝就被打死了。张亚原的妻子叫亚德坐到皇帝的宝座上去，又命令众官员上朝祝贺，官员们高呼幼主万岁。

百鸟衣故事的第二个版本是韦世足的弟弟韦世东讲述的，这个故事名叫《张亚源和龙王女》。故事说张亚源是个以钓鱼为生的孤儿，有一天他没钓到鱼，只钓到一个大螺（蚌），便把大螺（蚌）带回家放水缸里养着。第二天、第三天，他钓鱼回来时发现家里的饭菜都做好了，菜园里的菜也淋了。他以为是隔壁家二婶帮的忙，就前去感谢，二婶却说不是她帮的忙。他感到十分奇怪，想不明白，便在第四天早晨外出钓鱼时半路折回，从门缝观察家里的情况。结果他见到一个美丽的姑娘从水缸里面出来，然后开始扫地、做饭。

张亚源推门进屋，抓住姑娘的手，问她是谁，为什么来帮他做工。姑娘告诉他，她是龙王的第三个女儿，因为不愿嫁给有钱有势的人而触怒了父亲，被赶出了水宫。她敬慕张亚源勤劳诚实，同情他孤苦一人，愿意来他家帮工，并且愿意与他结为夫妻。后来二人结为夫妇，相亲相爱。张亚源外出钓鱼，龙王女在家做家务、纺纱织布。村里的人个个羡慕，个个夸奖。

这件事情传到京城，给皇帝知道了，他就下了一道命令，让地方官吏即刻将龙王女进献到后宫。龙王女被抢走前很悲伤，交代张亚源等她走了以后，造一支弓箭，天天到山林里去射鸟，射够一百只后，就将这一百只鸟的羽毛剪下来，做成一件衣服，再买一个鼓和一个锣，击鼓打锣地一路舞鸟衣到京城找她，到时候就可以报仇了。张亚源按龙王女的交代造好了弓箭，天天到山里面射鸟，射下一百只鸟后，回家织成了一件百鸟羽衣。张亚源击鼓鸣锣到了京城，他跳的鸟舞轰动了京城。

龙王女进宫后，三年没跟皇帝讲一句话，整天愁眉苦脸。这天她听说张亚源进城，顿时喜笑颜开，恢复了往昔的美丽。皇帝感到奇怪，就问她为什么这样开心。她说京城来了一个舞鸟衣的人，所以高兴，要求皇帝叫那个人进宫来舞一场。皇帝为了讨好龙王女，马上派人叫舞鸟衣的人进宫表演。张亚源见了龙王女非常高兴，舞得特别起劲。龙王女笑得像一朵花，皇帝也笑得前仰后合。为了让龙王女更开心，皇帝命张亚源脱下鸟衣让自己舞，可是他一穿上鸟衣就被紧紧地束缚住了，越想脱下鸟衣，鸟衣就把他勒得越紧，皇帝几近窒息。这个时候龙王女大声喝道：这是哪里来的畜生？来人！给我打！宫女在外面听到后便拿着木棍进来一阵乱打，皇帝变成一只山鸡飞到远远的山林里去了。龙王女报了仇，与张亚源回到乡下，过着简单幸福的日子。

这个故事的结构和情节与第一个版本大同小异，只是姑娘的来历，一者是公鸡，一者是螺（蚌）。做羽衣这个情节，一个是通过买鸟，一个是通过打鸟。

横州市海棠桥附近有个“老头子公园”，在那里的大爷大妈中也流传着一个版本，我们姑且把它当成第三个版本。这个故事名叫《张打鸟的故事》，讲的是张打鸟救了一只黄鸟，黄鸟天天给他唱动听的歌，最后变成姑娘嫁给了他。后来的故事跟张亚源的故事基本一样，只是结尾稍有不同：张打鸟两口子战胜邪恶势力以后，披上百鸟衣变成两只凤凰，飞到远方过着幸福的生活。

第四个版本最具横州市地域文化特点。横州市镇龙乡九龙瀑布群国家森林公园附近，有座山像反盖过来的香炉，旁边有个村子，叫香炉村。香炉村流传的百鸟衣故事比较有神话色彩。没爹没妈的一个小孩，孤苦伶仃，被乡亲们抚养长大，长成了一个英俊又强壮的猎户。有一天，他到山上打猎，突然乌云密布，他发现一只老鹰在抓一只非常漂亮的鸟，也不知道是什么鸟。小鸟受伤了，眼看就要被老鹰抓住，他弯弓射箭，把老鹰给射伤赶跑了。他把小鸟带回了家，在他的照料下，小鸟恢复了健康，并变成美丽的姑娘帮他洗衣做饭。

这些情节大致与其他版本相同，不同的是后面的情节。后来有一天他们村电闪雷鸣，乌云密布，接着便来了九条龙，其中一条就是那天被他射伤的老鹰变的。那是条黑龙，是九条龙的老大，它带着众兄弟来抢这只小鸟。姑娘变成神鸟跟九条龙打斗，最后打不过，被它们抢走。被抢走前，神鸟跟猎户讲：你去收集一百只鸟的羽毛，织成一件百鸟衣，就能救我了。因为猎户飞不上天，无法跟龙搏斗，只能眼睁睁看着自己的女人被黑龙抢走。猎户牢记她的话，翻山越岭，历尽艰辛，终于在深山老林的某处发现了很多鸟。他收集了一百只鸟的羽毛，回来织成了百鸟衣。穿上羽衣的他飞上天，带着献给他羽毛的那些鸟，一起去跟九条龙搏斗。后来他们合力奋战，收服了九条龙，并把它们压在香炉村旁边的一座山上，让它们化作瀑布，就是现在的九龙瀑布。他则带着心爱的姑娘，到镇龙山深处某地过上了幸福的生活。

这个版本跟其他的有点不同，神话色彩比较突出，把百

九龙瀑布

鸟衣的魔力和神力表现得比较充分。这个故事在当地流传了很久。九龙瀑布群公园里有一座百鸟衣雕像，是广西目前最大的百鸟衣雕像。

横州市流传的多个百鸟衣故事版本都十分生动完整，都有强烈的爱憎观，透出对善的同情，对真的向往。这些百鸟衣故事充分说明在横州市存在丰厚的“活态”文化，像泉水一样汩汩流淌不息，给人间善良的心灵带来无穷的慰藉。

事实上，百鸟衣故事不单是壮族有，全国许多少数民族聚居地都有流传，只不过版本不同。这个故事已经融汇了多种文化，但基本上都是爱情故事，都展现了底层人民不屈服于命运的安排，坚决反抗恶势力的斗争。

百鸟衣是一件神奇的宝衣，闪耀着理想的光芒。校椅镇是横州市最大的一个壮族聚居地，有好几个大歌圩，还有独特的壮族山歌剧，这里百分之八九十的人都会唱山歌。在这里流传的百鸟衣故事，自然带有丰富的壮族文化色彩。

其他地区流传的百鸟衣故事

百鸟衣故事在壮族聚居地流传甚广，古老的人鸟相恋的故事在为人们所津津乐道的同时，也不可避免地带有当代性或者说时代性，人们根据自己的意愿和生活环境添加一些情节，都是可以理解的。但故事的内核是不变的，因为如果缺少了扣人心弦的故事内核，这个故事就难以获得长盛不衰的生命力。

平南县有一个百鸟衣故事，故事名叫《鸟官人王》。鸟官是个穷小子，但他的名字带有“鸟”字，意味深长。鸟官是个孤儿，给村里的员外放牛，结果员外家的小姐爱上了他。鸟官向员外提亲，员外出了三道难题，在仙人的指点下，鸟官解了这三道难题，顺利把员外家的小姐娶回了家。但自从娶了小姐以后，鸟官就不去上工了。因为妻子长得太漂亮，鸟官天天光在家看妻子，不干活了。他妻子说：你这样下去也不行呀，天天在家看我，田里的工都不做了，我们靠什么生活？这样吧，你既然一刻都不能离开我，我就画两张我的画像给你，一张放在田头，一张放在地尾，你耕田种地的时候，到田头可以看到我，到地尾又可以看到我，你看行不行？鸟官说：行，就这样办吧。后来小姐的画像就被放到田头地尾去了。一开始鸟官还挺惬意的，干活与看妻子两不误。谁

平南县大鹏镇，霞染北帝山

料一阵风吹来，把其中一张画像吹走了。风把画像吹到了京城丞相府里，丞相见画中人非常漂亮，就派人按照画像四处寻找这个女人，并把她抢来献给皇帝。小姐离开鸟官时，交代他白天上山打鸟，夜里拜师习武，待打到一百只鸟后，就织成一件百鸟衣，上京城与她团圆。

三年后，鸟官披上织好的百鸟衣，一路卖艺跳舞上京城寻找妻子。百鸟衣色彩鲜艳、夺目耀眼，吸引了很多人观看，到了京城，更是引起轰动。他被皇帝请到皇宫里表演，鸟官妻子看得眉开眼笑，一扫愁容。皇帝见状龙颜大悦，为了讨得鸟官妻子的欢心，他不惜用自己的龙袍与鸟官对换百鸟衣。结果皇帝穿上百鸟衣后，情不自禁地狂跳乱舞，像疯了一样。于是，鸟官妻子将其指为妖孽，并命令侍卫把皇帝杀了。然后鸟官当上了皇帝，她当上了皇后。到了初春时节，鸟官夫妇外出踏青，听鸟唱歌，从此不知去向。故事结尾很诗意，

颇有神仙伴侣的味道。

1985 年 10 月，壮族学者蓝鸿恩先生在中国民间文艺出版社出版了他搜集整理的民间故事集《神弓宝剑》。在这本书里，记录有一个名叫《百鸟衣》的故事。这个故事没有注明是从哪里搜集到的，也没注明讲述者是谁。文末有个说明，说故事男女主人公的名字借用了韦其麟长诗《百鸟衣》中的古卡和依娌的名字。这个故事比较有魔幻色彩，描写的情境也比较切合广西的地域特点，尤其是阴森诡异的高山丛林。

故事说的是青年猎人古卡，跟他的母亲生活在一起，孤儿寡母，相依为命。后来有一天，土司老爷即将过六十大寿，要古卡上百兽山给他打一百只野兽作为寿礼。大概是取“百兽”与“百寿”谐音，图个吉利。古卡接到命令后，就去跟母亲商量。母亲告诉他，百兽山上有蟒蛇精，专门吃人。二十年前，古卡的父亲就是被蟒蛇精吃掉的。她劝古卡不要上山，古卡哪里肯依，还一心想为父亲报仇呢！临走前，母亲对他说，现在是春天，母兽怀胎，母鸟孵蛋，千万不要打春天的鸟和春天的兽。古卡记住了母亲的话，就上百兽山去了。

百兽山上树林荫翳，怪石嶙峋，阴森可怖，偶闻泉水叮咚，越发显得寂静。突然，一只锦鸡打破寂静，向他迎面飞来。情急之下，古卡朝它射了一箭，谁知锦鸡把箭衔在嘴上，转身就向森林里飞去。古卡觉得奇怪，就追着这只锦鸡往森林里跑。锦鸡消失之处，他看见了一个半蛇半人的怪物，手上还拿着他的那支箭，他意识到，这就是蟒蛇精。一场激烈的搏斗开始了！蟒蛇精向他猛扑过来，古卡敏捷地闪到一边。这个怪物又大又长，行动不是很方便，怎么扑也扑不到古卡，气得嗷嗷大叫，毒液横飞。它用尾巴乱打乱甩，结果把一棵大树打断了，大树倒下来，正好压在它身上，蟒蛇精一时动弹不得。古卡当机立断，举起一块大石头，朝蟒蛇精的头部砸去，终于把蟒蛇精打死了。

这时，从水池边的芦苇丛里走出一位漂亮姑娘，向古卡感谢他的救命之恩。古卡问她到底是怎么一回事，姑娘说，她是天上的仙女，和姐妹们披着羽衣一起到森林里面玩，看见一方池水很干净，就下去游泳，快乐嬉闹之际，却被蟒蛇精发现了。情况十分危急，一个姐妹穿起羽衣飞走寻找外援，就是那只引领古卡来到此处的锦鸡。这个时候，有一群鸟儿从池边飞起，向古卡致意后就飞走了。而眼前这位姑娘，也就是依娌，因为她的羽衣被蟒蛇精撕烂了，所以再也回不到天上去。她希望能跟古卡一起回家，可是古卡因为有猎兽任务，没有答应，匆匆与她作别。

等古卡回到家时，依娌已经在家等了他好几天。土司派管家来问要百兽，古卡拿不出来，十分着急。这时，依娌以他妻子的身份挺身而出说：你要一百只野兽，明天我们就给你送去。当晚，依娌用米粉捏成一百只野兽，用蒸笼蒸好，第二天叫古卡送过去。土司的寿宴上，大家都称赞这些米粉做成的百兽工艺精巧，土司老爷也不好发火。古卡临走前，土司老爷又给他出难题，说要一对皮包肉、一篮骨包肉、一件纸包风、一个竹包火，还说自己明天亲自来取。第二天，聪明的依娌已准备好了一双鞋子（皮包肉）、一篮螺蛳（骨包肉），还有一把扇子（纸包风）和一个烘火笼（竹包火）。难不倒古卡，土司气得要吐血。见依娌容貌美丽，他心生歹意，想抢回家做小妾。他指挥他的狗腿子把依娌抢走，要求古卡拿一百只真野兽去换，拿不出，依娌就要做他的小妾。依娌被抢走前交代古卡，要他到山上去找一百种鸟的羽毛织成一件百鸟衣，然后到土司衙门救她。古卡依计而行，他登上百兽山，找到了众仙鸟出没的地方。很多鸟都向他围拢，扯下自己身上的羽毛送给他。古卡就用这些羽毛织成了一件百鸟衣，然后出发去找他的妻子。

依娌被抢到土司衙门后，不吃不喝，容颜憔悴，土司四处为她求医，却毫无效果。这天，忽然来了一位身披百鸟衣的青年"神医"，声称药到病除。土司把神医请进衙门为依娌看病。果然，依娌一见到他就坐了起来，脸上露出笑意，病顿时好了大半。这让土司感到十分奇怪，说：你到我家一百天不吃不喝，现在突然笑了，怎么回事？依娌说：老爷你若有一件百鸟衣的话，我的病就全好了。于是土司就用骏马跟古卡交换百鸟衣。土司急不可待地穿上百鸟衣后，依娌吹了声口哨，土司养的大狼狗就从里面蹿出来，在依娌的指挥下，扑向穿百鸟衣的土司老爷，把他咬死了。最后，她和古卡骑上马，腾云驾雾而去。

蓝鸿恩《神弓宝剑》里面搜集的这个百鸟衣故事，情节跟别的百鸟衣故事大同小异。其中，打死蟒蛇精救羽衣姑娘这个情节比较神奇，众鸟向古卡献羽毛这一点也比较打动人。

蓝鸿恩在 1981 年出版的《广西民间文学散论》一书中，还讲了另外一个故事，那是 1960 年他在左江地区了解花山壁画时听到的一个渔民讲述的故事：一个孤儿放了一条金鲤鱼，金鲤鱼原来是龙王的太子，太子为了报恩，带孤儿到龙宫里玩。离开时龙王要给孤儿送礼物，孤儿事先得到太子的暗示，只向龙王要了一只花鸡，花鸡后来变成一个姑娘嫁给了他。后来这个孤儿就像《鸟官人王》故事中的鸟官一样，迷恋妻子容貌不上工，妻子也是将自己的画像给他拿到田头去挂。结果风吹走画像，被土司发现了，土司便要将他的妻子抢做小妾，出种种问题刁难。孤儿夫妻二人与土司斗智斗勇，最后巧妙地战胜了土司，并且把土司衙门烧了，土司也葬身在了火海之中。这个故事并没有出现百鸟衣，但很显然故事模型属于百鸟衣的故事。而且，花鸡变姑娘与孤儿成婚，蕴含着人鸟婚媾的古老命题，故事的内涵与百鸟衣故事一样精彩。

著名学者丘振声在他的《壮族图腾考》一书中，称桂西隆林各族自治县的壮族村寨里就有五个大同小异的百鸟衣故事，可以说是“百鸟衣系列作品”。

第一个故事叫《鹊巢鸠占笑死人》。故事说有一个风水先生，临终时嘱咐他的儿子，待他去世，抬棺材的绳索断在哪里，就把他埋在哪里。后来他儿子照办，把棺材停放在绳索断掉的那个地方。这个地方果然神奇，不一会儿就来了许许多多的蚂蚁，蚂蚁们衔泥搬土，很快就把棺材盖住了，堆成了一座坟墓。飞鸟也把鲜花衔来，放在墓地上，芳香四溢。种种瑞相的出现，说明这个地方的确是个风水宝地。后来，他的第二个儿子崇杰去河边钓鱼，钓到一条金鱼，金鱼变成一个如花似玉的姑娘，叫彩仙，嫁给了崇杰。崇杰成婚以后也是迷恋妻子，不愿下地干活，后来他也是采取带着妻子的画像去田头挂的办法，缓解暂离妻子的痛苦。不幸的事情又发生了，画像被大风刮到皇帝那里，导致了妻子被抢走。崇杰同样也是披着百鸟衣一路跳舞进京与皇帝换了龙袍，皇帝最后被彩仙叫来的猎犬咬死。崇杰和彩仙分别当上了皇帝和皇后。

第二个故事叫《三兄弟》，说是家中的老三在河里钓到了一只小乌龟，这小乌龟化身美丽的姑娘嫁给老三为妻。后来这个姑娘也是被皇帝抢走，老三穿着百鸟衣进京与皇帝换了龙袍，夺取了皇位。

第三个故事叫《苏大亮》，说的是员外家的长工苏大亮如何与员外小姐相爱而结合的故事。这个故事与平南百鸟衣故事极为相似，不同的是，员外小姐与苏大亮一同被员外赶出了家门。后来这个小姐也是被皇帝抢走，苏大亮依靠百鸟衣的神力，杀死了皇帝，然后取而代之。

第四个故事叫《岑瓦匠与周小姐》，说的是周小姐被皇帝抢走之后，岑瓦匠织成百鸟衣，上京城与皇帝换龙袍，让狗咬死皇帝，救出妻子，两个人过上了幸福美满的生活。

第五个故事是《螺蛳姑娘》。小伙子汉鹏从河里钓回一只螺蛳，后来偶然发现这只螺蛳不是普通的螺蛳，而是漂亮的龙女化身而成。螺蛳变回龙女后，两人相爱成亲。皇帝知道后把龙女抢走，汉鹏花了三年的时间织成百鸟衣来到京城，与龙女一道夺了皇位。

这些故事出自同一个母题，基本情节大同小异，男主人公的妻子都是被皇帝抢走，他们都必须到京城夺回妻子。百鸟衣不仅可以帮助他们获得盘缠，还是他们进入皇宫的通行证，有了它，他们可以畅通无阻，接近皇帝，见到自己的妻子。最后，也是在百鸟衣神力的帮助下，他们战胜皇帝，并取而代之。百鸟衣不仅让他们夺回了妻子，还让他们当上了皇帝，满足了那些在封建体制下被压迫、被侵害的底层民众逆袭的理想愿望。百鸟衣是个核心情节，这些故事无一例外地赋予了百鸟衣神奇的作用，主人公用百鸟衣来战胜邪恶势力，收获美满幸福的生活。

这些故事也反映了封建社会皇帝选秀女、土司强占穷人妻子的事情屡见不鲜，给底层人民带来了巨大的灾难和深重的心理阴影。哪里有压迫，哪里就有反抗。在反抗斗争中，百鸟衣呈现了闪闪发光的精神价值，不亚于闪闪发光的刀和枪。尤利乌斯·恺撒遇刺前夜，曾说过这么一句意味深长的话：“我统治着这么多的人，可我却被鸟儿和雷声统治。”看来，鸟儿、百鸟衣，以及自然界不可掌控的雷声，蕴含着让东西方古代帝王恐惧的信息。

除了壮族聚居地，其他苗族、瑶族聚居地也有多种百鸟衣故事流传。云南大理的白族也流传着百鸟衣故事，故事脉络与壮族的基本上大同小异，只是有些情节不太一样。白族百鸟衣故事里的那个姑娘来自一张图画，小伙子发现她从图画里走出来后立即烧掉图画，留住了姑娘。后来的故事发展基本与壮族百鸟衣故事一致。不过，大理白族搜集到百鸟衣故事的时间比较晚，有关记录显示是在 2013—2015 年搜集的，因此不排除其受到其他地方百鸟衣故事影响的可能。

越南北部的侬族流传着一个叫《神水瓶》的故事，与百鸟衣故事很相似，只不过加了一个充满佛教色彩的开头：一个笃信佛教的农民，因为诚心礼佛，龙王便托梦给他赐下一瓶神水。他的妻子用神水淋洗全身，瞬间变成一个漂亮的姑娘。农民贪恋妻子姿容不出工，天天在家看妻子。他妻子想了一个办法，画了一张她的画像给农民带去出工，这样子他在田地里也可以看到自己。但是一阵风吹来，把画像吹到了县官那里，后来县官抢夺农民妻子，农民穿百鸟衣救出了妻子。

百鸟衣的故事大同小异，只不过在不同的地区流传，它便染上不同的文化色彩。

百鸟衣故事与陶渊明《搜神后记》

按照蓝鸿恩先生的说法，壮族聚居地流行颇广的神话故事百鸟衣渊源有自，其故事的原型最早出现在相传为晋代大诗人陶渊明所著的《搜神后记》这本书中，篇名为《白水素女》。百鸟衣这个故事显然是从《白水素女》衍化出来的，此外壮族聚居地流行的孤儿和龙女的故事，也是从《白水素女》衍化出来的。故事发生的地方是福建侯官[1]，与壮族人生活的广西一样，都在古代越人活动的地区范围之内。

在蓝鸿恩先生所著的《广西民间文学散论》这本书里，录有《白水素女》这个故事的原文。这个故事大致的内容是：一个叫谢端的人是晋安侯官人，他小时候就失去了父母，没有什么亲人，是邻居把他养大的。到了十七八岁的时候，他恭谨自守，不礼非法，出外独居，但是娶不上亲。乡里的人都很同情他，大家都想为他说一门亲，但是都没有成功。谢端晚睡早起，躬耕力作，不舍昼夜，非常勤劳。

后来有一天，他在城墙下的水沟里拾得一个大螺，有三升壶那么大，他觉得很奇异，就拿回家放在水缸里养着。之

1　侯官，旧县名，辖境大致为现今的福建省福州市区西部和闽侯县西北部。

后的十多天，谢端每天早上都像往常一样到野外干活，回来的时候却发现家中饭菜已经做好，他以为是邻居帮了他，就去感谢邻居。邻居却说：不是我帮你的，你也没必要谢我，你自己娶了妻子藏在家里，怎么说是我帮了你的忙啊。听邻居这么一说，谢端感到很疑惑。

后来有一天，第一遍鸡叫他就出门，天亮时又偷偷溜回来，在篱笆外窥视自己家中的情形。他看到一个少女从水缸里面走出来，然后走到灶旁做饭。谢端连忙进门，看到水缸里面的那个大螺已经空了，他便问这个少女：你从什么地方来？为什么帮我做饭？

谢端的出现令这个少女惊惶不安，想要返回水缸，被谢端拦住了。不得已，少女告诉他：我是天河里的白水素女。因为天帝哀怜你从小就是孤儿，而你又恭谨自守，所以让我暂且帮你看家做饭。十多年之后，待你家富了，我自当归去。但你现在已经窥破其中的秘密，我不宜久留，你今后勤于田作、打鱼、砍柴，可以谋生，我把螺壳留给你贮谷米，谷米当不匮乏。谢端一再挽留，少女始终不肯改变去意。突然来了一阵大风大雨，那个少女就消失了。

谢端为她立了一个神座，逢年过节都会祭祀一番。之后他的家境慢慢富足，乡里就有人把女儿嫁给了他。后来，他做官做到县令，建了一座素女祠。

《白水素女》说的是晋朝的故事，到了唐代有个皇甫氏写了一本《原化记》，把这个故事也收了进去，改名《吴堪》。蓝鸿恩先生的著作也录有原文。这个故事已经比较完整，与我们现在看到的百鸟衣故事十分接近，包括长官的种种刁难、年轻夫妇如何用智慧获得胜利等情节都与百鸟衣故事非常相似，只是少了一件百鸟衣，多了一场火灾。

《吴堪》这个故事大致是这样的：吴堪是常州义兴县人，自小也是孤儿，无兄弟。他在县里当小吏，性情十分恭顺。由于住在溪水边，他经常用物件来遮护溪水，不让溪水沾染污秽，打心眼儿里爱护溪水。每次从衙门回来，他都到溪边看看水，对溪水可以说是又敬又爱。

过了好多年，他在水边捡到一个白色的螺，非常漂亮，他便拿回家用水养着。从此，每次从衙门回来，家中的饭菜都已经做好了。他以为是邻居家的阿母可怜他是个单身汉，帮他做饭，就很谦卑地去感谢阿母。阿母告诉他，每次他到县衙上班后，都有一个十七八岁的女子出现在他家的厨房帮他做饭，这个女子容貌非常漂亮，衣服艳丽，做完饭就进内室了。

吴堪怀疑是那个白螺所为。第二天，他假装去衙门上班，然后躲在邻居家偷偷观察，果然看见一个女子从自家的房子里面走出来，到厨房做饭。于是吴堪就径直走入家中，女子自然回不了房。吴堪向这个女子行礼，于是女子便告诉他事情的原委。

她说：天帝知道你敬护泉源，力勤小职，哀怜你鳏独，于是派我前来。从此以后，两个人便成了家，相敬如宾。

乡里到处传闻此事，大家都觉得非常奇异。县令和县里的土豪听闻吴堪的妻子非常漂亮，都打鬼主意想占为己有。

吴堪是县令的手下，县令要整他自然很方便。有一天县令给他出难题，要吴堪去找蛤蟆的毛和鬼的手臂，而且必须在上晚衙的时候交出来，否则就要治他的罪。

吴堪这下可愁死了，他压根儿就认为人间没有这两件东西，不知道要到哪里去找。他回家跟妻子说："今天完蛋了！"他妻子说："你不要忧愁，要别的东西我帮不了，这两样东西我能找到。"后来他妻子果然弄到了这两件东西，吴堪交给县令，县令看了无话可说。

县令一计不成，又生一计。他对吴堪说："我要祸斗一枚，你火速去找，如果你找不到，你就没有活头了！"吴堪回家后告诉妻子，妻子很快就牵来一只很像狗的怪兽，并告诉他祸斗的能耐。

吴堪把祸斗牵给县令，县令见了大怒，说："我要的是祸斗，你怎么给我一只狗？"吴堪说："这不是狗，是祸斗。"县令说："它有什么能耐？"吴堪说："它能够吃火，拉出的粪便也是火。"县令马上下令燃烧木炭，以检验祸斗的能耐。结果自然让县令瞠目结舌，祸斗吃了火之后又拉出火。

县令恼羞成怒，命令差役打扫祸斗的粪便，又准备想办法加害吴堪。谁知道差役一触碰那些粪便，手上的东西马上着火，火星到处飘，弄得整个衙门都起了火。县令及他的一家都被烧为灰烬，而吴堪和他的妻子也不知所终。

食火之兽最早见于《山海经·海外南经》："厌火国在其南，其为人兽身，黑色，火出其口中。"清代吴任臣著有《山海经广注》，书中的“集解”对“食火之兽”做了解释：“食火兽名祸斗。”明代邝露在广西住了很久，他根据自己的所见所闻著有《赤雅》一书，里面对“祸斗”也有记载：“祸斗，似犬而食犬粪，喷火作殃，不祥甚矣。”由此，蓝鸿恩先生推测，《原化记》里的故事应该曾在壮族聚居地流传，因为那里正是出现“祸斗”这种怪兽的地方。

蓝鸿恩先生称，1960 年，他曾经在左江地区搜集到一个类似百鸟衣的故事。故事讲的是公鸡变姑娘嫁孤儿，孤儿受到土司的刁难，要他找怪物。公鸡姑娘让他连夜用竹子编了十二个猪仔笼，装满火炭，并告诉土司老爷这些怪物吃了油后会有精彩表演。土司老爷命令浇上油，请大家围观。熄了灯，十二个竹笼点火后吐出火舌，孤儿夫妇就扛着火笼飞舞，大家看得兴高采烈。突然，公鸡姑娘和孤儿把十二个火笼东丢西抛，火油到处洒，土司衙门木结构的建筑燃起熊熊大火，土司老爷被烟火熏得走不动，全家都给烧死了。

在这里，“食火之兽”“祸斗”已经变成浇油燃火的竹笼了。民间神话故事在流传中不断变异是很正常的，因为地域环境不同，社会生活已经发生改变，人们总会按照自己的意愿对神话故事进行改写，但是，其中重要的线索不会改变。透过事物的影子，我们总能窥见一些原始形态的存在，比如燃烧的竹笼被抛起来时，的确像喷火的怪兽。

如此说来，与百鸟衣故事情节相类似的诸多故事可以说在中国大地上由来已久，甚至可以说遍地开花，但是百鸟衣是什么时候进入故事，又是在什么时候形成这样一个具有浓郁南方色彩和壮族文化气息的故事降临在广西大地上的，还真是绵邈难考。

但自从百鸟衣出现在故事中，就仿佛一道闪电照亮了夜空，整个故事变得非同寻常了。岭南是百鸟的王国，自古以来，这里的人都会向朝廷进贡美丽的翠羽。因此，这件百鸟衣实际上天然蕴含着南方的强烈信息和元素，这也是为什么广西百鸟衣故事发育得比较丰满，摇曳多姿。丰厚的民族文化土壤才可能孕育出灿烂的艺术花朵，因此韦其麟能以民间故事为素材创作出令世人惊艳的长诗《百鸟衣》，也就不足为奇了。

百鸟衣故事中的人鸟婚媾内核

百鸟衣这个故事，具有鲜明的鸟图腾崇拜余绪。它有一个重要的内核，就是人鸟婚媾，这是故事的原始胚胎，就像植物种子的胚芽一样，获得了空气、土壤和水的滋养，它也许就会长成一棵“像把大罗伞”那样的大树。人鸟婚媾，就是男子和女鸟结婚。因此，这其实是一个女鸟故事。民间文学研究者将女鸟故事阐述为“天鹅处女型”故事，是指以男子通过留住（窃取）仙女羽衣（外壳）而得妻为母题的故事。女鸟故事在中国非常古老，产生于氏族社会，可以说，它早就植根于中国文化的土壤之中。

百鸟衣故事正是人鸟婚媾古老余绪的精彩演绎。我们先来看看有关的故事情节。故事里的张亚原，因为家穷，以砍柴为生，后来又到圩里卖糍粑，一只公鸡跟着他回家。这只公鸡实际上是一只鸟变化而来的，这只鸟当然是神鸟。壮族崇拜公鸡，因为公鸡象征着光明和希望。在壮族的多个民间故事里，太阳曾经躲到大海里面去，是公鸡把它唤了回来。公鸡的羽毛很漂亮，啼声清脆、圆润、动听，催人清醒，催人奋进。总之，它代表着希望、美丽和吉祥。这只公鸡不久后就变成一个美丽的姑娘嫁给了小伙子，两个人成婚以后过上了幸福的生活。姑娘的美貌被代表邪恶势力的新科状元知道了，状元为了升官想把姑娘献给皇帝。夫妇俩与状元斗智斗勇，挫败了状元的重重刁难。状元当然不会死心，他利用自己的威势，把姑娘抢走，将她送到京城进献给了皇帝。姑娘被抢走前交代张亚原做一件百鸟衣，然后穿着羽衣到京城救她。作为羽族一员的她，当然知道百鸟衣的重要性。流光溢彩的百鸟衣做好之后，他借此跳舞卖艺挣盘缠，一路来到京城。也是通过百鸟衣舞蹈表演，他才能畅通无阻地进入皇宫，找到他的妻子。当皇帝看到百鸟衣的神奇魔力后，提出用龙袍跟他换取百鸟衣。皇帝穿上百鸟衣之后，公鸡姑娘将他指为妖孽，并叫来侍卫将他打死。百鸟衣出现在公鸡姑娘面前，事情的表象下应该蕴藏着两方面的深层含义：第一，公鸡姑娘找回自己的衣服，神力无穷；第二，森林里的群鸟找到了凤凰，百鸟朝凤，凤凰集结众多力量，战胜邪恶。

靖西还流传有《周运与仙鹤》的神话故事。说是贫穷的猎人周运从恶魔的爪下救了一只仙鹤，他在神志模糊中，看到仙鹤变成了一个如花似玉的姑娘，还赠给他一根羽毛，这羽毛可以化作一块布，披在身上，冬暖夏凉。姑娘还告诉他自己家住何处。周运清醒之后，果然发现身边有一块红绸。后来，他找到姑娘所在的阳岗村，回答了仙鹤姑娘父亲的各种提问，顺利与仙鹤姑娘结为夫妻，过上了幸福的生活。

鸟能变人，体现了壮族先民心中鸟与人存在血缘关系的观念。

南丹县有《罗青与天鹅》的故事，说的是罗青遭到土司

南丹瑶山彩霞飞

追杀，关键时刻天上刮起了一阵风，隔在他们之间的小溪变成江河大海，罗青终于得以逃脱。一只天鹅朝罗青飞来，变成一个美丽的姑娘与他成亲，两人从此过上了幸福日子。这个故事不再是人类救鸟，而是鸟儿救了人类并与之结为夫妻。

不光是民间故事有人鸟婚媾的远古文化遗痕，在中国古代文人典籍中也多有这方面的记录。

郭璞在《玄中记》中是这么写的：

> 姑获鸟夜飞昼藏，盖鬼神类。衣毛为飞鸟，脱毛为女人。一名天帝少女，一名夜行游女，一名钩星，一名隐飞。鸟无子，喜取人子养之，以为子。今时小儿之衣不欲夜露者，为此物爱以血点其衣为志，即取小儿也。故世人名为鬼鸟，荆州为多。昔豫章男子，见田中有六七女人，不知是鸟，匍匐往，先得其一女所解毛衣，取藏之，即往就诸鸟。诸鸟各去就毛衣，衣之飞去。一鸟独不得去，男子取以为妇，生三女。其母后使女问父，知

衣在积稻下，得之，衣而飞去。后以衣迎三女，三女儿得衣亦飞去。今谓之鬼车。

这奇异的姑获鸟亦神亦鸟，穿着羽衣是鸟，脱下羽衣是女人。她下凡与男子结合，生有三女。后来她找回羽衣返回天上，并取来羽衣把三个女儿也接走了。

干宝的《搜神记》也载录有这则故事，题为《豫章新喻男子》。故事是这样的：

豫章新喻县男子，见田中有六七女，皆衣毛衣，不知是鸟。匍匐往，得其一女所解毛衣，取藏之，即往就诸鸟。诸鸟各飞去，一鸟独不得去。男子取以为妇，生三女。其母后使女问父，知衣在积稻下，得之，衣而飞去。后复以迎三女，女亦飞去。

按照钟敬文先生的观点，这是世界上极早的“天鹅处女型”故事的文献记载。

句道兴的《搜神记》中也记载了一个女鸟与男子结婚生子的故事，并且还记述了女鸟后代得天公教育成才，下凡当了宰相，最后犯事，被发配边疆的情形：

昔有田昆仑者，家贫未娶。禾熟时见三女于池洗浴，其二抱天衣飞去，昆仑攫得小者天衣，遂挟以为妻，携回见母。经年产子，名曰田章。昆仑被点兵西行，三年不返。女乃向母索看天衣，屡经恳求，母不忍拂其意，即发藏畀之。女着衣便腾空上天而去，虽母哀号，不之顾也。然终念儿子，乃与二姊复下凡游戏，冀见其儿。其时田章五岁，受董仲先生教来觅母。三女遂将天衣共乘小儿上天。天公怜悯外甥，遂教其方术伎能。经四五日，儿年已十五矣。天公即与以文书八卷，令其下凡。儿三才俱晓，天子闻知，即召为宰相。后犯事，遂流配西荒之地。

日本的《羽衣传说》与这个故事很相似：仙女在骏河国（现在的静冈县）三保松原沐浴时，一渔夫刚巧经过，拿走了仙女的羽衣。仙女没了羽衣无法返回天庭，于是便和渔夫结为夫妻并生下一子。最后仙女还是取回了羽衣，返回天庭。

人鸟婚媾这个古老母题的源头，还可以追溯到上古神话。简狄吞鸟卵生契的神话是对人类与鸟产生关系的较早记载。《史记·殷本纪》云："殷契，母曰简狄，有娀氏之女，为帝喾次妃。三人行浴，见玄鸟堕其卵，简狄取吞之，因孕生契。"契是商人的始祖，《诗经》云："天命玄鸟，降而生商，宅殷土芒芒。"说的就是这么一回事。契的来历，是简狄吞服一枚鸟蛋有孕而生。东晋王嘉《拾遗记》对这段神话故事也有载录：

商之始也，由有神。简狄游于桑野，见黑鸟遗卵于地，有五色文，作八百字，简狄拾之，贮以玉筐，覆以朱绂。夜梦神母谓之曰："原怀此卵，即生圣子，以继金德。”狄乃怀卵，一年而有娠，经十四月而生契，祚以八百，叶卯之文也。虽遭旱厄，后嗣兴焉。

这段文字情节更加丰富，鸟卵含藏玄机，还有简狄“夜梦神母”的神示，“吞卵”已变成“怀卵”。

关于秦的传说，也与鸟卵有关。司马迁在《史记·秦本纪》中说："秦之先，帝颛顼之苗裔，孙曰女修。女修织，玄鸟陨卵，女修吞之，生子大业。”

还一种观点，说简狄并没有吞下鸟卵，但是她的怀孕仍然与鸟有关，是鸟的到来促成的。鸟间接与人发生关系，人鸟婚媾这个胚胎尚未成形，还只是一种朦朦胧胧的令人激动难耐的春天的气息。据《毛诗传》对“天降玄鸟”的解释："春分玄鸟降，简狄配高辛氏，帝与之祈于郊禖而生契，故本为天所命，以玄鸟至而生焉。”春分时节，燕子筑巢生子，万物萌动。于是，契的父母双双赴郊外祭祀高禖神（主管生育的神），举行求子活动，并且野合。他们认为这个时期所孕之子顺应“天命”，于是把孩子归功于“玄鸟所生”。这样的分析，也是有道理的，而且还比较客观。

古老的故事和章句看起来十分简单，却可能隐藏着我们不知晓的秘密，如果被表面意思牵着走，那我们永远无法洞悉世界的奥秘。比如人鸟婚媾，在笔者看来，它完全有可能来源于人类对鸟儿带来的春天气息的感恩，以及人类对大自然的感恩。从这个点出发，发展出人与鸟婚媾的各种故事。

羽迹探寻：百鸟衣蕴含的文化内涵

百鸟衣的文化漂流

羽毛是一种非常美丽的东西。在电影《肖申克的救赎》中有一句著名的台词："毕竟有些鸟儿是关不住的，因为它们的羽毛太美丽了。"人类从古至今，可以说各个国家、地区、族群，对鸟的羽毛都有共同的审美，都非常赞赏。在中国南方，崇山峻岭，江河奔涌，丛林幽深，田野广袤，湿地众多，加上漫长的海岸线，非常适合各种鸟类生长。可以这么说，中国南方自古以来就是鸟类的天堂，各种美丽的鸟儿在这里争奇斗艳。在古代，鸟类美丽的羽毛曾经被作为重要的礼物。汉代南方的南越国，甚至更早一些时候中国南方曾经出现的方国，比如西瓯、骆越，他们向中央王朝进贡的各种礼物、贡品中就有鸟的羽毛。商朝初年，伊尹受汤之命，下令四周少数民族各以其土特产来朝贡，其中有"正南，瓯、邓、桂国、损子、产里、百濮、九菌，请令以珠玑、玳瑁、象齿、文犀、翠羽、菌鹤、短狗为献"。这是有记载的岭南的特产第一次进入中原。

翠羽，即翠鸟的羽毛。唐代卢照邻有诗云："翠羽装剑鞘，黄金饰马缨。"古代有点翠技术，用的就是翠鸟的羽毛。翠鸟羽毛被珠宝匠人用来与珍珠、宝石、黄金累丝镶嵌在一起。

《韩非子·外储说左上》有“买椟还珠”的故事，美丽的盒子“辑以羽翠”，即是用翠鸟羽毛做点缀。鸟羽的自然纹理和梦幻般的彩光让被它点缀和装饰的物件大放异彩。而用鸟羽制成的羽衣，更是受到人们的喜爱。

在中国古代典籍中，不乏对羽衣的描写。《世说新语·企羡》有云：“孟昶未达时，家在京口。尝见王恭乘高舆，被鹤氅裘。于时微雪，昶于篱间窥之，叹曰：‘此真神仙中人！’”鹤裘，就是鸟羽制成的皮衣。从孟昶的赞叹声中，我们可以想见羽衣的超凡脱俗，它在视觉上给人的冲击力非同寻常，实乃凡人提升气质之利器。

《三国演义》里描写诸葛亮出场：“身长八尺，面如冠玉，头戴纶巾，身披鹤氅，飘飘然有神仙之概。”苏东坡笔下的周郎也是因羽饰而神采飞扬：“雄姿英发。羽扇纶巾，谈笑间，樯橹灰飞烟灭。”

《西游记》对蓬莱岛福禄寿三星的描述用了两句诗：“彩雾千条护羽衣，轻云一朵擎仙足。”这里的羽衣，已经成为神仙的标配。

唐贞观三年（629 年），黔东南地区苗人首领谢元琛身着“百鸟衣”入朝觐见唐太宗，他的使团满身“卉服鸟章”，惊动长安。唐太宗命画师阎立德画“王会图”以纪其事，以歌颂唐帝国的强大兴盛以及边远少数民族的依附。这是百鸟衣较早见于文献的记载。跟南方的很多少数民族一样，苗族把鸟作为始祖来崇拜，在苗族祭祖活动“鼓藏节”上，主祭服为百鸟衣。苗族百鸟衣是国家级非物质文化遗产苗绣的代表性作品，其色彩艳丽，图案奇特，制作技艺高超，文化内涵丰富，被称为“穿在身上的苗族史诗”。苗族百鸟衣做工程序繁多，通常需要三年到五年才能完成全件制作，每一幅图案上都绣有或写实或抽象的鸟。

唐代武则天称帝时，当时的南海郡进献了一件“集翠裘”，其实就是“百鸟衣”，在当时可谓稀有珍品。恰好她的宠臣张昌宗在旁侍候，武则天那天大约是特别高兴，就把这件稀罕的宝衣赠送给张昌宗。后来张昌宗与狄仁杰玩双陆，把集翠裘当作筹码，结果输给了狄仁杰。

唐中宗宠爱的女儿安乐公主，光艳动天下，比她更光艳的是她所拥有的两件“合百鸟毛”织成的长裙。《新唐书》记载，这两件百鸟羽毛裙色彩变幻无穷，“正视为一色，旁视为一色，日中为一色，影中为一色，而百鸟之状皆见”，雉鸡等禽类羽毛色泽能够随着光线的变化而变化，十分奇幻。《朝野佥载》记载：“安乐公主造百鸟毛裙，以后百官、百姓家效之。山林奇禽异兽，搜山荡谷，扫地无遗……”

由安乐公主倡导的制作“毛裙”之风，演变成了一场让鸟类折翅哀鸣的生态灾难，长江、岭南的彩禽几乎被捕杀殆尽。天空失去了瑰丽的色彩，林间消匿了清澈歌鸣。据《旧唐书》记载，直到唐玄宗登基之后，下令禁止社会各阶层穿戴“锦绣珠翠”，这场声势浩大的“劫掠美丽”的行动才渐次平息。

我们从骆越铜鼓和左江崖壁画上出现的戴着羽冠的羽人，可以推测出羽人服饰是先秦时期广西境内居民的主要服饰。

藏身在宁明花山岩画上的羽人

但这些服饰后来慢慢消失，只出现在民间巫师、部落首领的法事活动中。贵港罗泊湾出土一处西汉初年墓葬，随葬品铜器上的漆画显示，两个招魂者皆着长袖连衣裙，头戴羽冠，另外一个被招魂者穿短衣短裤，跣足，头戴长翎毛羽冠。羽饰弥漫着浓郁的宗教气息。

骆越铜鼓上大量的羽人与飞鸟纹饰还寓示着远古时代中国南方“羽民国”“羽人”的存在，尽管它消失了，但它依然是骆越人古老的梦。其实，在骆越人的日常生活中，也不乏身着“百鸟衣”的人。

南朝宋刘敬叔著有《异苑》，看书名就知道这是一本记录各种奇闻异事的书。《异苑》卷五就记载着这样一则奇异故事：“晋义熙[1]中，虞道施乘车出行，忽有一人，着鸟衣，径来上车，云：‘令寄载十许里耳。’道施试视此人，头上有光，口目皆赤，面悉是毛，异于始时。既不敢遣。行十里中，如言而去。临别，语道施曰：‘我是驱除大将军，感汝相容。’因赠银铎（一作环）一双而灭。”

从文字描述推测，这个“头上有光，口目皆赤，面悉是毛”的羽人显然是南方越人中的巫师，他自称“驱除大将军”，这一身穿戴是经过精心“打扮”的，显然正要去参加一个祭祀活动，或者赶赴一场驱瘟祛邪的大法会。

同样的一件事，唐代段成式的《酉阳杂俎·诺皋记上》也有记载：“虞道施，义熙中乘车山行。忽有一人，乌衣，径

1 义熙是东晋安帝的一个年号。

上车言寄载。”相比之下，这个记载简单得多，“乌衣”，疑为“鸟衣”之讹，不然，着普通的“乌衣”不足为奇，《酉阳杂俎》没有记录的必要。乌衣，也指燕子，若依此解，乌衣也有鸟衣的意思。

唐代柳宗元被贬柳州时，除了看到文身的越人，也看到了穿着“百鸟衣”的越人。他在《柳州峒氓》一诗中这样写道：

郡城南下接通津，异服殊音不可亲。
青箬裹盐归峒客，绿荷包饭趁虚人。
鹅毛御腊缝山罽，鸡骨占年拜水神。
愁向公庭问重译，欲投章甫作文身。

他首先惊讶于“异服”，看到“青箬裹盐”“绿荷包饭”，他也感到很新奇。的确，从这些描述中我们可以看到当时广西的伶人（指壮族先民）与自然界的密切关系，一切都是绿色的、低碳的，非常环保。他还看到了巫师们正在做“鸡卜”和“祭拜水神”的活动。“鸡卜”，指用鸡骨头占卜吉凶，也是鸟图腾崇拜的一种仪式。这些巫师穿着“百鸟衣”，但诗中并没有出现“百鸟衣”几个字，信息蕴含在“鹅毛御腊缝山罽”这句诗里。明代学者邝露在他的著作《赤雅》中曾对这句诗做过解释。他说：“鸟毳（鸟的细毛）之精，织成文章者，谓之锁袱，鸟毳之粗，市于伶壮，谓之鹅罽。”“鹅罽”实际上就是“百鸟衣”。可见羽衣在当时并不少见。唐代的广西对飞鸟羽毛的运用已经达到极高的水平，而且羽衣出现在宗教

大型壮族神话实景剧《花山》的演出服装设计图《羽人》

祭祀活动场合，说明鸟图腾崇拜的遗风在当时还相当浓烈。柳宗元的诗歌忠实地记录了当时柳州的社会生活情形，为我们描绘了一幅生动、神秘，同时色彩斑斓的南方图景。诗歌的最后一句也很有意思，他恨不得用南方的色彩（文身）换下他官服的色彩。

异服灿烂的南方，一定给了柳宗元长久的震撼。在他以往接触的生活中，羽衣是具有猎奇意味的仙物，显出和身边生活迥异的气质，属于“他物”，但在柳州，他见到了羽衣融入日常生活的场景，感受到了这种融合背后蓬勃的生命力，而这正是它本来的面貌。

这种文化融合的生命力，直到今天仍在延续。大型壮族神话实景剧《花山》吸引了不同人群对骆越文化的探索，引发了观演热潮，其中羽人的演出服装让笔者尤其感兴趣。笔者找到设计者董韬先生，向其了解羽人服装的设计思路。董先生认为，羽人是壮族文化的经典符号，其服装应带有鲜明的壮族文化特色，因此他以铜鼓上的羽人图腾作为设计原型，加上雉鸡翎的头冠，又把铜鼓上的太阳纹、圆圈纹、钱纹、席纹、三角纹等图案用编织的手法融进设计中，以此表达羽人与壮族文化的血脉相连。董先生还提到，将古老的羽人形象放在当今的文艺作品中呈现给年轻的观众，其意义在于让年轻人了解我们的文化根脉所在，弘扬民族文化自信，以达到传承传统民族文化艺术的目的。

鸟在壮族故事中是真善美的使者

鸟的文化是中国文化的一个重要原点。人与鸟相亲、相伴，萌发出对鸟的无限崇拜和眷恋。实际上，在我国的许多地区，以及朝鲜、日本等国家，乃至整个太平洋地区，都有鸟生或卵生神话。鸟的文化不仅久远，而且覆盖面相当广。鸟自古以来就影响着人类的物质生活，也影响着人类的精神生活。

鸟可以在天空自由飞翔，集百鸟之羽为衣，实际上是人类渴望像鸟儿一样自由飞翔，以超越现实的沉重，获得生命的轻盈。所以，在壮族的民间神话故事中，百鸟衣集结了人们对真、善、美和自由的渴望，充满神奇的力量。而鸟作为天地间羽翼华美的精灵，仿佛五线谱上跳动的音符，出现在一个个美丽动人的故事中……

百鸟衣帮助张亚原取得抗争的胜利，这里面蕴藏着一个重要的信息，即鸟助人的传统。壮族聚居地流传着不少鸟帮助人的民间故事，这里边隐含了深层的文化心理：人们认为鸟是通灵的，鸟不仅在高处作为图腾，在信仰层面获得壮族先民的崇拜；鸟也在低处接地气，是人们生活中的好帮手。鸟可亲可敬，从神性走向现实——“旧时王谢堂前燕，飞入寻常百姓家”“蓬山此去无多路，青鸟殷勤为探看”。进一步地说，鸟是真善美的使者。

著名的灰姑娘的故事原型最早出现在广西南宁，这在学术界已经越来越多地得到认同。20 世纪 30 年代，我国著名学者杨宪益发现，早在《格林童话》问世一千余年前的公元 9 世纪或者公元 8 世纪，“灰姑娘的故事”就已经出现在中国的典籍中。故事名叫《叶限》，记录在唐代段成式的《酉阳杂俎》一书中。日本学者君岛久子教授、美籍华人学者丁乃通教授也曾到南宁等地考察，撰文肯定灰姑娘的原型就是古代邕州的叶限。现在的广西依然流传着“灰姑娘的故事”，故事名字叫《达架的故事》，说明这个闻名中外的故事在这里是有根的，且根深叶茂，开枝散叶，如同古井涌清涟。

在这个故事里面，“灰姑娘”叫达架，“架”在壮语里是孤儿的意思。每次她遭到挫折，碰到难题，都会出现一只乌鸦来给她传递信息或指点迷津。鸟是善于歌唱的，所以乌鸦说话都是通过唱歌。乌鸦对世间的事情看得清清楚楚。达架的母亲被巫婆变成一头母牛，而巫婆则成了她的继母，后来继母又把帮助达架干活的母牛杀了。达架非常伤心，正在哭泣的时候，一只乌鸦飞过来对她唱道：“呀呀呀，架呀架！不要哭来不要怕！牛骨埋下芭蕉根，将来要啥就有啥！”这就带来了重要的信息——这个牛骨不是一般的牛骨，它是有魔力的。达架得到提示后，把牛骨头埋到芭蕉根下。后来，一年一度热闹非凡的壮家歌节到了，继母把她留在家里，只带着亲女儿达仑去参加歌节。达架想去，但她的衣服破破烂烂的，根本出不了门，她又伤心地哭了。乌鸦又一次出现，对她唱道："呀呀呀，架呀架！不要哭来不要怕！耳环挂在猫簕上，衣裳藏在芭蕉下，还有一对金箍鞋，拆开蕉蕾就见它！"

按照乌鸦的指点，达架找到了金耳环，掘开芭蕉树根埋牛骨头的地方，又得到了一件绿绸子新衣裳，再剥开蕉蕾，拿到了一双金光闪闪的金子箍的新鞋子。穿上脚，不长不短刚好合适。后来洞主家的少爷捡到了一只金鞋子，找到了达架，跟她结了婚，两人有了自己的孩子。婚后，达架带着小孩回娘家探亲，她的妹妹达仑嫉妒她，把她推下深潭，冒充达架回到洞主少爷家。少爷起了疑心，觉得他的妻子前后判若两人。少爷外出散步时，一只乌鸦飞过来，对他唱道："呀呀呀，呀呀呀，漂亮的老婆换来雀斑麻！"少爷听后说道："你如果真是我老婆的魂魄变的，请飞进我的袖筒来。"于是乌鸦飞到了少爷的袖筒里，少爷把乌鸦带回了家。

后来乌鸦在织机前揭露了达仑的丑恶嘴脸，被达仑用织梭打死。达仑还把乌鸦的羽毛拔光，掏出五脏，放到锅里去煮。谁知道水声一响，又传来一首歌："噼噼剥，噼噼剥，达仑是个狠心婆，谋害人命要偿命，将来一定下油锅！"达仑狠狠地把乌鸦汤泼到了外面去。不久，泼了乌鸦汤的地方长出了一丛翠竹，婀娜多姿，竹荫下特别凉爽，少爷常到那里乘凉。达仑也去乘凉，但她每次都被竹枝钩到头发，这让她十分恼怒。于是她把竹子全部砍光，一把火烧成了灰。有个老太婆捡了一节没有烧完的竹筒拿回家做吹火筒。从此以后，每天都有人帮老太婆做饭。经过一番调查，老太婆发现了竹筒姑娘，便认她做了女儿。有一天，达架的孩子追一只抢了他鸡腿的猫，跑到了老太婆家里，少爷跟着进去看见了达架，夫妻终于得以相认。少爷知道了达架被谋害的整个经过，达架劫波渡尽涕泪流。后来达仑咎由自取，为了得到雪白的肤色，被她的巫婆亲娘用舂碓舂死了。

在这个故事中，乌鸦是传递信息的正义使者，后来还成了达架的化身，经历了粉身碎骨后，变成竹子、竹筒，最后又变成竹筒姑娘重返人间。故事灌注了一只鸟的坚定信念，让达架最后战胜邪恶，取得胜利。

鸟给人类传递信息，帮助人类脱离困境，为人类伸张正义的故事在壮族民间神话故事中可以说是屡见不鲜。

在广西隆安县，流传着一个《神鸟与穷人》的故事：有个穷人天天上山砍柴，有一天挑柴回家，半路在一棵树下休息。树枝上站着一只鸟儿，鸟儿开口问他："你天天打柴，能烧得了那么多吗？"穷人说："烧不了那么多，主要是拿去卖了才能买米。"小鸟说："看你那么勤劳，还这样穷苦，跟我走吧，以后就不用打柴了。"穷人说："你会飞，我怎么跟你走呀？"小鸟说："我背你走。"后来小鸟果然把穷人背起，飞向太阳升起的地方。当然，他们得在太阳升起之前到达那个地方，那里有成堆成堆的金银。小鸟告诉穷人，只要装半袋金银就可以了，不要装满。穷人听小鸟的话，装了半袋金银就随小鸟飞回去了。穷人的哥哥见弟弟背回来半袋金银，十分嫉妒，不断追问金银的来历，善良的弟弟就把得到小鸟帮助的经过告诉了他。第二天，哥哥依样画葫芦，假装去砍柴，半路在树下歇脚，跟小鸟对话，小鸟也同意背他去装金银。小鸟同样也交代他只能装半袋，千万不要贪心。但哥哥还是贪心了，想要装满满一大袋。小鸟催了他几次他都不走，只好自己先飞走了。结果，他还没来得及扎好袋口，太阳就出来把他烤焦了。笔者小时候在家乡罗城也常听说这个故事，看来流布很广。这个穷人和小鸟的故事，部分情节类似阿拉伯民间故事《阿里巴巴和四十大盗》，这个故事里哥哥因为贪得无厌，最后也是死于非命。

广西西林有一个《蜜月鸟》的故事：一个青年婚后第二天上山砍柴，被蟒蛇吞到肚子里去了。但他没有死，只是陷入了昏迷。恍惚之中他听到外面有鸟叫："蜜月！蜜月！蜜月！"壮语"蜜月"是"刀割"的意思，于是他奋力用柴刀割破蛇腹钻出来，蟒蛇因流血过多死掉了，这个青年就获救了。

壮族还有一个《鹩哥的故事》，也很有代表性，说的是一只鹩哥用自己的智慧和胆略促成首饰匠和财主家小姐婚事的感人故事。鹩哥用喙衔金花玉叶，传递爱情信物的细节引人入胜。鹩哥因为站在正义的立场被土司老爷拔光了羽毛，但它没有放弃斗争，最后躲在神像肚子里装神惩罚了土司老爷。

各种鸟助人的故事，显示了这些羽毛美丽的灵物跟人类的生活是密不可分的，而且给人类的生活带来了很多益处。

在百鸟衣故事里，张亚原拥有百鸟衣，就等于拥有了百鸟的力量。无论院墙有多高，都挡不住百鸟衣神奇的威力。群鸟集结象征着正义的力量汇聚，也是人间正道。当人类的文化不断发展进步，文明时代到来以后，鸟图腾似乎失去了曾经那种神灵的光环，鸟不再是站在神的位置上，而是以它的人间情怀，以它的灵性和聪明才智，帮助需要帮助的人。从壮族民间流传的鸟故事中，我们已经深深地感受到了这一点。

人类社会矛盾重重，各种纷争从未止息。人们常常感到疲惫的内心需要歇息，需要鸟的善良和纯粹，需要鸟语的清澈透明来医治心灵的创伤。每一只鸟，都是一座飞翔的花园。大诗人杜甫对鸟的认识尤其深刻，而且毫不过时。他有诗句云："心微傍鱼鸟，肉瘦怯豺狼。"意思是：我的心很微弱，总是感到鱼和鸟是那么可亲。而我身边那些掠夺名利的力量，总是像凶猛的豺狼一样让我恐惧。"一重一掩吾肺腑，山鸟山花吾友于。"意思是：山峦重叠稠密是我的肺腑，山鸟山花是我的好朋友。从某种意义上说，鸟始终是真善美的使者。

鸟还会给人类以智慧的启示。比如，有两句话说得很好："一只站在树上的鸟儿，从来不会害怕树枝断裂，因为它相信的不是树枝，而是它自己的翅膀。"

壮族故事里鸟与人的相知相助

在广西壮族自治区，关于鸟的故事还真不少，而且，它们像百鸟衣传说故事一样精彩纷呈，装点了民间文学灿烂的天空，谱写了大地和天空的传奇。

除了百鸟衣的故事，最著名的可能就是流传在宁明、隆安一带的《雁的故事》。故事说的是在古时候，有两个青年，男的叫雁相，女的叫古纳。这两个青年相知相爱，却因皇帝的诡计分开，两人历经苦难，后来化为两只大雁飞走了。这是个充满悲情的故事，有如《梁山伯与祝英台》双双化蝶般的结尾。在人类发展的历史长河中，难免会与各种动物、植物结下不解的因缘。动物变成人多少是象征着美好的，而人变成动物，却多少有几分无奈和迫不得已。

故事是这样的：雁相和古纳是一对恩爱夫妻。古纳长得很美，她织的壮锦远近闻名。皇帝为了霸占美丽的古纳，设计把雁相召到京城，封他做京官，还配给他一个宫女。可是雁相不同意，说家中有老母妻子需要照顾，愿意回家务农。皇帝强迫他接受，可是他一再拒绝，皇帝大怒，令人把雁相捆绑起来，又从他身上搜出一条古纳送给他的花手巾，然后下令将雁相送到京郊服苦役。

皇帝派人利用那一条花手巾作为凭证，哄骗古纳到京城，说是雁相在京城做了官，要接她到京城相会。古纳进了皇宫后，宫女们齐呼娘娘，她才知道受骗上当了，整天叫喊着要见雁相。老太监告诉她，雁相进京不久就病死了。为了探听雁相的下落，她向皇帝提出了两个条件：第一条，如果雁相还活在世上，她一定要最后见他一面；第二条，如果雁相死了，她要到雁相坟前守灵十天，皇帝还要给她一张宝弓和一支宝箭，她要把告灵书射到天上，与雁相的在天之灵告别。

皇帝对古纳说雁相已经死了，并同意了她的第二个条件，又派人到郊外造了一座假坟，并把古纳带到那里。古纳伏在坟头哭了两天两夜，眼泪流光了又流出血来。她从口袋里拿出那条花手巾，洒上滴滴血泪后，把它缚在宝箭上，然后弯弓搭箭将手巾射向天空。说来奇怪，箭到了半空，飞来一只小鸟把手巾衔走了。小鸟衔着手巾一直飞到雁相面前，雁相看到手巾后，认出这是古纳送给他的物品。小鸟在天上飞，他在地上跑，一直跟着小鸟到了那座假坟边，找到了古纳。两人相拥而泣，倾诉离情。皇帝知道了这件事后十分生气，命人处死雁相和古纳，而且不允许两人葬在一起。谁知道正要斩首的时候，雁相和古纳头顶上突然红光一闪，两人变成一对大雁腾空而起，越飞越高。皇帝恼羞成怒，命人朝空中射箭，但天空只飘下一根美丽的羽毛。皇帝把羽毛带回皇宫，幻想羽毛会变成一个美丽的姑娘。

羽毛被带回皇宫后，深夜突然放出万道火焰，火越烧越旺，最后把皇宫烧成了灰烬。这把火，当然是雁相和古纳胸中熊熊燃烧的怒火。这根羽毛，尽管不是一件百鸟衣，但是，它同样具有百鸟衣的美丽和威力。

另外一个故事是流传在马山、平果、都安等县的关于鸟王节的传说，故事名字通常叫《达汪》，因此鸟王节又称达汪节。故事是这样的：一个叫达汪的壮族女孩刺绣非常好，有一天她正在一块手帕上绣一只麻雀，还剩一只眼睛没有绣好。她不小心刺破了手指，滴下了一滴血，这滴血又刚好滴在那只没有绣好的麻雀的眼睛上。说起来很神奇，麻雀一瞬间就活了，从她的手帕里飞出来，朝门外飞去，还叽叽喳喳地叫个不停。达汪赶紧出门找麻雀。她走到一堵高墙边，听到弓弦的声音，旋即看到麻雀落到地面，她赶紧用手帕包起了麻雀。

这时土司的家丁来了，原来是土司把麻雀打了下来。家丁看到达汪的手帕里似乎有东西在动，便认定是达汪收起了麻雀。这个时候，土司也走了过来，他们要求达汪打开手帕让他们查看。达汪只好打开手帕，谁知道会动的麻雀不见了，只有一只绣在手帕上的麻雀，一只眼睛血红血红的。

找不到麻雀，土司和家丁怏怏而去。达汪的美丽却因此被土司惦记上了。随后土司马上派媒人说媒，要把达汪纳为小妾，达汪宁死不从。当时恰逢天大旱，禾苗枯焦，土司心生一计：按照习俗，天旱需要祭拜天神，要物色童男童女守护祭品，童男童女在守护祭品期间不能进食，也不能喝水。土司设计让达汪充当童女，另外又找了一个童男，要他们在那里守护祭桌上的供品，并且不让他们吃喝。

不久，童男就昏倒在地。达汪靠内心的甘泉和救众生的信念滋养了自己，竟然安然无恙，一直在那里守护。后来到了半夜，飞来了一群饥渴难耐的鸟，它们要吃供品。达汪说，吃吧，反正救一个生命总比死一个生命要好。群鸟吃完了以后，又来了一群森林里的兽把余下的供品吃了个精光。

第二天，土司见状，不分青红皂白就诬蔑达汪吃了供品。达汪极力为自己辩解，但是没有用。土司提出要剖腹查看，同时给出了另一个选择：如果达汪同意做他的小妾，就不用剖腹查看了。达汪不愿做他的小妾，也为了证明自己的清白，毅然同意剖腹查看。达汪被剖腹之后，肠胃空无一物，证明了她的清白。然而，她也因此失去了宝贵的生命。

在她闭上眼睛后，突然一阵狂风暴雨袭来。待雨住风停，人们再也找不见达汪的尸体。原来，一大群鸟儿把她托举到了天上，打头的就是那只红眼睛的麻雀。群鸟越飞越高，一直飞到了月亮上，把她葬在了月宫里。在月宫里，群鸟为达汪举行了隆重的葬礼，并做起了道场。

直到现在，许多村落还以农历七月二十作为达汪的祭日。每年到了这一天，家家户户都杀鸡宰鸭来祭奠达汪姑娘的在天之灵。

每一只鸟都有故事，血液里都奔腾着江河；每一只鸟的眼睛都可以看到天空与大地，它也一样恐惧闪电与雷鸣，躲避冷雨与冷箭。而人间透出的一点点善，也会让它的眼睛里饱含泪水，让它愿意倾力相助。在这些故事里，鸟儿作为生活在野外的生灵，与人类结成了友好的同盟。

羽中天地：百鸟衣故事中隐藏的壮族文化信息

壮族的鸟图腾崇拜

学术界有一种看法，认为骆越的“骆”字，就是鸟的意思。

郦道元的《水经注》卷三七引《交州外域记》云：“交趾昔未有郡县之时，土地有雒田，其田从潮水上下，民垦食其田，因名为雒民，设雒王、雒侯，主诸郡县，县多为雒将。”

雒是一种候鸟，人们认为种田有收获，是因为受到雒鸟的启发和帮助，所以对雒鸟怀有感激之情，于是把所耕之田称为雒田，把种雒田的人称为雒民，把管理雒民的人称为雒王、雒侯、雒将。另外，晋顾微的《广州记》中有载：“交趾有骆田，仰潮水上下，人食其田，名为骆人。”用的是“骆”字，可见“雒”通“骆”。

“骆”的读音跟壮语中“鸟”的读音相近，所以骆越实际上就是鸟越，以鸟作为图腾。

壮族先民的鸟图腾崇拜在壮族始祖姆六甲和布洛陀的神话传说中便已显现无遗。在壮族神话中，壮族始祖姆六甲“人身鸽形，全身一丝不挂，长满了毛”。徐松石先生的《粤江流域人民史》中说“壮祀六乌圣母”，六乌娘就是乌鸟娘。乌鸟，又叫六甲鸟。壮族的创世始祖布洛陀，是“鸟头人、鸟酋长或鸟首领”的意思，也就是鸟图腾氏族对其首领的称谓。二者作为壮民的始祖，都与鸟有着密不可分的联系，这也正反映了壮族先民的鸟图腾崇拜。壮族神话里的雷王也是半人半鸟的形象。他长着青蓝色的脸、鸟的喙，背上长着一对翅膀，左手唤风，右手招雨，舌头像蛇芯子，前端开叉，舌头伸缩之间，带着小火花。他与英雄布伯打架，被砍断两只脚后，就砍了一对鸡脚给自己接上。从此以后，雷王的脚就变成了鸡脚。在关于雷王的传说中有一个意味深长的细节，布伯抓住雷王后，用了一件神奇的器具使他动弹不得，那就是鸡罩。似乎只有这个令鸡望而生畏的东西能够让雷王服服帖帖。这不正是暗示雷王具有鸡（鸟）的属性吗？

壮族对鸟的崇拜与壮族的农耕文明起源有关系，鸟是壮族进入农耕社会的“引路人”。首先，他们认为，谷种是从鸟嘴里拿到的。在《布洛陀经诗》里有一段非常生动的唱诵，形象地讲述了谷种的来历：

地上有人群　天下有百姓
有人没有谷米
吃山上的茅草当饭　吃坡上的牛草度餐
吃野草又苦又涩　吃青草又烦又厌
小孩吃了不长大　小伙吃了脸不白
姑娘吃了不红润　土司儿子吃了干瘦死
春王通晓天下　盘古创造万物　造谷供养天下人
谷子在香炉那边　谷子在遨山坡上
谷子在郎汉家里　谷子在州眉坳上

用船去装回不来　竹排去接运不回
请寨老出谋献计　与天下人共商良策
有个人嘴特别灵　有个人嘴特别巧
让鸟去叮啄　给老鼠去啃
鸟扑刺刺地飞过海　鼠哧哧地游过江
鼠在下面咬稻根　鸟在上面啄稻穗
鼠得谷子自己藏　鸟得谷子自己藏
老鼠窜进丛林居住　鸟到野外去栖身
王越想越不对　王越想越不好
去问布洛陀　去问么渌甲
布洛陀就讲　么渌甲就说
你做三十个铁猫　你做七十张拦网
拿去放在坳口　拿去装在峪口
老鼠进来就夹住　鸟飞进去就套住
王退着左脚走回来　王退着右脚走回来
王静心领会公公的吩咐　王牢牢记住公公的交代
拿铁猫去放在狭窄的地方　拿拦网去装在洞口
老鼠来到便夹住　飞鸟过来就套住
套得两只斑鸠　套得两只原始鸡
王最聪明　王很灵巧
用脚踩它们的下颚　用手撬开它们的上颚
见到前年的粳谷　见到去年的糯谷
王得到三粒畲谷　王得到四粒稻种
拿去发给黎民　拿去供给百姓

拿去育做本　拿去浸做种

申日拿去播　播在田垌里　种在田垌中

七月禾苗含胎　谷粒饱满才收割

看来这只鸟还比较调皮，与壮族的首领斗智斗勇，首领得到布洛陀和么渌甲的点拨后才将啄谷种的鸟捉住，迫使它交出谷种。当然，这个故事也体现了壮族的幽默感，对如此严肃的主题却采取近乎戏谑的讲述方式。尽管鸟儿并不怎么配合，但是，壮族人依然对鸟儿心怀感恩，承认其提供稻种的历史功绩。可见，世间的很多事情并不是你情我愿的——你派鸟儿去取谷种，它得到谷种后并不会乖乖地交给你，它会据为己有，必须采取非常巧妙的办法从鸟嘴里取到谷种。《布洛陀经诗》妙趣横生、活泼生动，用近乎游戏的诗句向我们透露了重要的信息——壮族人与鸟的关系是如此密切。

无独有偶，稻作文化比较发达的古吴越地区，自古以来就流传着麻雀和老鼠联合行动，将谷种从天上或偷或抢送到人间的故事。在发现野生稻谷，将野生稻转化成水稻的过程中，麻雀是有功劳的。因此，谷子飘香的时节，麻雀吃点稻谷，只要不是太过分，似乎也是被人们默许的。麻雀与稻谷仿佛一对苦恋的情侣，在稻作文明的原点上，互相怀着隐隐的敌意，相依相偎。直到现在，在中国农村金黄的田野和晒谷坪上，我们仍可以感受到麻雀与稻谷那执着履行古老爱情誓言的身影。

广西彩调剧《王三打鸟》中有一段“数麻雀课子”，戏谑而生动地描述了麻雀吃稻谷的景象，并将人们对麻雀又爱又恨的情绪展露无遗。人类与鸟的密切关系从中可以找到丰富的印记：

啐　一个姑娘来舂米
一个麻雀来捡吃
一个头　一把嘴
两只翅膀两条腿
两个眼睛红丢丢
回头看见一抓尾
啐　两个姑娘来舂米
两个麻雀来捡吃
两个头　两把嘴
四只翅膀四条腿
四个眼睛红丢丢
回头看见两抓尾
啐　三个姑娘来舂米
三个麻雀来捡吃
三个头　三把嘴
六只翅膀六条腿
六个眼睛红丢丢
回头看见三抓尾
啐　小麻雀　真是鬼
自己吃饱还不算

彩调剧《王三打鸟》剧照

扫码看视频

邀来麻雀一大堆

看也不清头

数也不清尾

三个姑娘急忙赶

这边一赶　往那边飞

那边一赶　往这边飞

赶得手困脚又累

急得姑娘流眼泪

我王三　刚赶到

端起鸟枪乒乓一声响
打得麻雀一大堆
数了一数
四十四抓麻雀尾
八十八条麻雀腿
三个姑娘喜得笑开了嘴
笑开了嘴

《布洛陀经诗》中还有这样的诗句："争夺天下争抓印，争夺百灵鸟印把子""别人珍藏百灵鸟印，你也珍藏百灵鸟印"。

看来，刻有百灵鸟纹饰的印鉴代表着至尊和权力，是引发骆越部族内部"争夺"的值得"珍藏"的宝物。鸟文化已经渗透到了骆越权力的核心，就像封建皇帝的玉玺上刻有龙纹。有意味的是，秦始皇的传国玉玺上刻的"受命于天，既寿永昌"八个字，用的是虫鸟篆。在笔者看来，虫鸟篆是一种游荡着鸟的灵魂气息的文字。

另据《布洛陀经诗》记载，鹭鸟是壮族始祖布洛陀在创造万物时造出来的一种动物，极具灵性，可预测天气变化。对于从事原始农业的壮族先民而言，掌握季节的变更和天气的变化甚为重要，因此人们希望能得到鹭鸟的护佑，以求得五谷丰登。壮族铜鼓上出现的大量翔鹭纹说明鹭鸟在壮族先民的精神世界中占据着重要的位置。另外，在壮族人的观念里，鹅是一种吉祥的灵物：一方面，它寄托了壮族人对天空的向往、对飞翔的渴望；另一方面，他们认为鹅可以度送祖先之魂到故地。

神话和经诗里关于鸟的生动记载，显然也是壮族先民曾经的现实生活的映现，只不过加入了想象的成分。

考古发掘说明，古越人的生活地域的确有大片的沼泽地带，这种生活环境为水稻种植提供了得天独厚的条件，也是鸟类栖居的理想场所。就此我们可以得出两种合埋推测：一种是壮族先民发现鸟在啄食鱼虾的同时，也吃水边野生的草类的果实，于是从中获得启发，得到引导，发现了野生稻谷，并开始把野生稻培育改良为后来的水稻，于是壮族成了世界上最早种植水稻的民族之一。在这个过程中，鸟发挥了很大的作用。另外一种推测是，壮族先民发现鸟的粪便落在沼泽地里后，没有消化的种子会长出植物来，于是受到启发，学会了栽培水稻。总之，壮民族对鸟的崇拜因为种种原因不断加深，最后他们把鸟视为神灵，视为图腾保护神，融入民族的文化血脉之中。人们对鸟的想象和遐思越来越丰富，比如，鸟在天空飞翔，鸟从天上衔来谷种，似乎带着某种神谕，人们便想象鸟本来就是仙女的化身、天帝的女儿，因爱怜人性中的善，披着羽衣飞临凡间，与人结婚并产生血缘关系。

有太阳的地方就有无限的可能性，太阳是万物之母。因此，有人认为壮族的鸟图腾崇拜是由太阳崇拜发展而来的。然而多数时候，我们看到太阳崇拜与鸟崇拜几乎是一体的，并驾齐驱，不分先后，太阳与鸟，相生相息，不可分离。传说太阳本身就是一种鸟，民间叫金乌，乌有三足。浙江余姚河姆渡古越人文化遗址出土的象牙蝶形器“双鸟异日”，展现的就是太阳被两只鸟儿抬举的画面。广西贵港罗泊湾出土的铜铸扶桑树灯，最显著的位置上是一只展翅欲飞的大鸟。壮族先民铸造的铜鼓鼓面上所刻的飞鸟环绕太阳的纹饰，以及在壮族聚居地广为流传的“金鸡唤太阳”等神话传说，都与古老的太阳神话一脉相承、息息相关。

铜鼓上的羽人梦

百鸟衣，究其本源，应该寄寓着南方由来已久的羽人梦。

佛经有云："一尘中有尘数刹，一一刹有难思佛……普尽十方诸刹海，一一毛端三世海。"借用佛经的角度，我们也许可以这么说，百鸟衣不光是一件衣服，它的背后隐藏着一个遥远的国度，甚至是无数个遥远的国度。比如，百鸟衣让笔者情不自禁地联想到南方的"羽民国"，那些以羽毛为衣的古越先民穿着这件奇异的衣服从远古时代向我们一路走来。他们崇敬鸟，由敬而爱，由爱而亲，与鸟相依相偎，几乎把自己与鸟融为一体。他们自由奔放，特立独行，天马行空，他们奇装异服，怪模怪样，扑朔迷离，物我两忘，完全把自己活成了"鸟人"。他们以为隐身在鸟羽里，我们便找不到他们。但今天，我们在《山海经》等古籍经典中仍然可以寻觅到他们的身影。他们把图腾穿戴在身上，在广阔的山海之间演绎了一场毛羽闪闪的旷世服装秀。

《山海经·大荒南经》云："有羽民之国，其民皆生毛羽。"

《山海经·海外南经》云："羽民国在其东南，其为人长头，身生羽。一曰在比翼鸟东南，其为人长颊。""毕方鸟在其东，青水西，其为鸟人面一脚。""讙头国在其南，其为人人面有翼，鸟喙，方捕鱼。一曰在毕方东，或曰讙朱国。”

汉东方朔的《神异经·南荒经》对羽人亦有让人骇异的描写：“南方有犬，人面鸟喙而有翼，手足扶翼而行，食海中鱼。有翼不足以飞，一名鵩兜。”

《吕氏春秋·慎行论》载有大禹南巡的见闻：禹“南至交趾、孙朴续樠之国，丹粟漆树沸水漂漂九阳之山，羽人、裸民之处，不死之乡”。

《淮南子·坠形训》告诉我们羽民国的位置：“洋水出昆仑西北陬，入于南海羽民之南。”

屈原在《远游》诗中咏叹：“闻至贵而遂徂兮，忽乎吾将行。仍羽人于丹丘兮，留不死之旧乡。”

汉王充的《论衡·无形篇》对羽民国、羽人多有谈及：“图仙人之形，体生毛，臂变为翼，行于云则年增矣，千岁不死。”“海外三十五国，有毛民羽民，羽则翼矣。毛羽之民土形所出，非言为道身生毛羽也。”

晋张华在《博物志》卷二中明确地告诉我们羽民国离九疑山有多远：“羽民国，民有翼，飞不远，多鸾鸟，民食其卵。去九疑四万三千里。”

晋王嘉的《拾遗记》卷一记载了羽人在海上巨槎上的诗意栖居：“尧登位三十年，有巨槎浮于西海，槎上有光，夜明昼灭。海人望其光，乍大乍小，若星月之出入矣。槎常浮绕四海，十二年一周天，周而复始，名曰贯月槎，亦谓挂星槎，羽人栖息其上，群仙含露以漱，日月之光则如暝矣。虞夏之季，不复记其出没，游海之人，犹传其神伟也。”

这些典籍中为数不少的“羽人”记录，演绎了古代先民与鸟水乳交融的关系，鸟崇拜、鸟图腾深深浸润在我们的文化血脉中。同时，这些记录也寄寓了古代先民渴望获得超越和飞升的梦想，让我们看到中华文化独特的光芒和气质。

《山海经》是古籍中最早提到羽人的著作，其中所说的“羽民国”“羽人”现已渺不可寻，但它也许真的存在过。有学者认为，尧舜时代中国南方确实存在羽民国。

像世界上的很多文明突然消失一样，羽民国后来也神秘地消失了。我们在大海上、大地上已找不到它的痕迹，只在典籍中隐约可见。随着人们对地层的开掘，我们不断地找到它曾经存在的蛛丝马迹——它在七千年前的河姆渡文化的各种器物上，在四五千年前良渚文化的玉器中……据有关专家研究，良渚文化玉器上的兽面纹，其实不是兽，而是极像兽的鸮，也就是猫头鹰。鸮在商代被视为具有庇护力量的神鸟，被人们尊敬和崇拜。神人兽面纹，谁又知道它不是藏得极深的羽人呢？古代先民常常隐身在各种毛羽、面具背后，他们躲躲藏藏，时隐时现，就是不让我们一览无余。1989 年江西新干县大洋洲商代遗存中出土的玉羽人，通高 11.5 厘米，粗眉大眼，中腰背至臀部阴刻羽纹，肋下有羽翼。

羽民国、羽人还跑到了古老壮族的铜鼓上、花山的崖壁上。

云南晋宁石寨山出土的一面铜鼓鼓面上有 23 个羽人，恐怕是中国南方羽人最多的一面铜鼓。这些羽人头插羽毛，形象生动，仿佛一幅群鸟飞翔图。

2015 年 1 月 15 日，人民网刊载了一篇题为“海上鼓音：翔鹭纹铜鼓”的文章，同时配发了一组铜鼓照片，对广西壮族自治区博物馆馆藏的一面高 36.8 厘米、面径 56.4 厘米、足径 67.5 厘米的西汉翔鹭纹铜鼓做了准确的描述：“鼓面中心为太阳纹，十二芒，芒外七晕圈，主晕为衔鱼翔鹭纹，其余饰栉纹、勾连雷纹和锯齿纹；鼓身九晕圈，饰锯齿纹、圆圈纹、羽人划船纹和羽人舞蹈纹；鼓胸为六组羽人划船纹，每船六人，其中三船的划船者皆戴羽冠，另三船各有一裸体人，船头下方有衔鱼站立的鹭鸶或花身水鸟，水中有游鱼；鼓腰饰八组羽人舞蹈纹，每组二至三人，头戴羽饰，下身系展开的羽裙，两臂外展，双腿叉开做舞蹈状。足部一侧卧刻篆文

翔鹭纹铜鼓

‘百廿斤’，铜鼓实测重 30.75 千克。从年代、形制和纹饰来看，该鼓属于石寨山型。从地点到形制再到花纹，这座铜鼓不仅是我国早期航海景象的见证，也暗示着铜鼓文化的传播与发展。”

这面铜鼓丰富的内容让我们感到惊讶。其中，我们看到，羽人在划船，在跳舞，他们有的戴羽冠，有的着羽裙。可以想见，那个传说中的羽民国有太阳照耀，有碧波浩荡的大海，有衔鱼飞翔或站立的鹭鸟，有游鱼，有欢快划船、舞蹈的羽人。

铜鼓上船的形状类似飞船，应该就是王嘉在《拾遗记》中所说的“贯月槎”。笔者在台湾岛花莲县见过类似的船，船仿佛是独木凿成，船头船尾翘起，船身图案色彩斑斓。苍茫海天之下，它是如此的遗世独立。

1972 年，西林县普驮铜鼓墓葬出土了四面铜鼓，其中一面铜鼓鼓面主晕为 20 只环飞的鹭鸟，鼓胸有羽人划船纹，腰部有羽人舞蹈纹和鹿纹。

从一首流传甚广的壮族歌谣我们就能知道壮族与铜鼓的密切关系：“天上星星多，地上铜鼓多。星星和铜鼓，给我们安乐！”铜鼓是古代壮族先民的礼器、神器、重器和乐器，是壮族标志性的文化符号，是他们精神领空里的星星和月亮。壮族铸造和使用铜鼓的历史十分悠久，可以追溯到春秋时代。铜鼓上众多的翔鹭纹、羽人纹，以及水鸟塑像，这些都是壮族鸟图腾崇拜的遗风，是《山海经》中记载的“羽民国”“羽人”曾经存在的“记忆”。

大型壮族神话实景剧《花山》剧照

仔细观察这些铜鼓会发现，有些羽人的羽翼很大很长，像巨型的芭蕉叶子，有的与被装饰的人一样长，有的甚至比人还长，他们头上的羽毛密集，直往上指，腰间的羽毛向两边摆开，整个羽人俨然一只随时凌空高飞的大鸟。这种羽人的形象也在广西左江沿岸的花山崖壁画中出现，他们处在显要位置，在部落中的重要地位可想而知。崇左市宁明县花山

岩画申遗成功后，大型神话实景剧《花山》应运而生。笔者有幸两度观看，光线中呈现的舞台是一面硕大的红铜鼓，十分漂亮。背景石壁上有许多小红人，头插羽毛的羽人造型被运用在男演员身上，彩色的鸟羽，结合他们身上那些华彩的衣服，显得斑斓多姿。

羽人梦，不老的神话，恍然又回到我们身旁。

古越人的“鸟舞”习俗

在横州市流传的韦世足讲述版的百鸟衣故事中，有多处述及“鸟舞”。公鸡姑娘被抢走之前对张亚原说：“你用卖货得的银子买一百只白鸽，将它们的羽毛做成一件衣服，再买一鼓和一锣，将剩下的钱做路费，带着亚德（儿子），逢圩过圩，逢市过市，做舞把戏的样子一直往京城去，那时，你们就会见到我。”后来，张亚原带着亚德“逢圩过圩，逢市过市，两人敲锣击鼓舞着鸟衣一路往京城去”。到了京城以后，他们用力击鼓敲锣，“在街上舞起鸟衣来，一时轰动了京城”。接下来的故事是，公鸡姑娘看见了城里发生的事情，愁眉已久的她竟然笑盈盈地对皇帝说：“你看下面街上舞鸟衣的一老一幼多好看哦！”于是皇帝邀请张亚原父子进宫来表演，张亚原精彩的鸟舞让公鸡姑娘笑得合不拢嘴。皇帝为了讨她欢心，脱下龙袍，也穿上百鸟衣舞起来，结果被公鸡姑娘当成跳“怪舞”的“畜生”，命令宫廷卫士打死了。

平南县百鸟衣故事《鸟官人王》也有这样的描述：三年后，鸟官带着自己编织的百鸟衣来到皇宫卖艺跳舞。他身轻体健，百鸟衣绚丽闪耀，犹如百鸟朝凤争鸣。鸟官妻子看了高兴极了。皇帝为了讨得鸟官妻子的欢心，用自己的龙袍换取鸟官的百鸟衣。结果皇帝一穿上百鸟衣就狂跳乱舞，鸟官妻子将其指为妖孽，并命令侍卫将其杀死。

以上故事中关于“鸟舞”的情节告诉我们，“鸟舞”也是有其门道的，也就是说，作为一门舞蹈艺术，它有它的规定动作，有它的传承。皇帝穿上百鸟衣后狂舞乱跳，显然不懂鸟舞。“近水知鱼性，近山识鸟音”，远离山水、不接地气的皇帝当然不识“鸟音”，更不用说精通“鸟舞”了，不遵循鸟舞的传承和方法舞蹈，那么被指为妖孽，被侍卫信以为真并乱棍打死，也就在所难免了。我家乡一个经验丰富的老猎人告诉我，许多做纸鹤[1]的师傅做的鹤鸟张开翅膀落地时鸟爪是张开的，实际上不是这样。据他多年的实地观察，鹤鸟落地的一瞬间，它的爪子是并拢的，由此可见接地气的重要性。百工技艺都需要生活经验，不能想当然。

民间神话故事里的“鸟舞”看起来浮光掠影，我们只能想象它“扭扭又跳跳”，因为舞衣材料的特殊性，每一个角度，每一束不同的光线，都会让它灵动非常。这“鸟舞”显然具有巨大的威力，它不光是推动故事发展的重要线索，同时还隐藏着重要的文化信息。“鸟舞”极有可能来自古越人的“鸟舞”传统或习俗，是古越人模拟鸟类的图腾舞。

早在几千年前的河姆渡时期，“鸟舞”已经盛行。河姆渡文化出土的“双鸟舁日”象牙蝶形器，两只长尾利喙、昂首奋飞的大鸟举着一轮太阳升天，呈舞蹈之状，这应该就是最

1　做纸鹤是一种地方习俗，纸鹤用于丧葬仪式。

早的古越人凤鸟舞的源头。中国古代的典籍中并不缺乏“鸟舞”的记载。《吕氏春秋·古乐》：“帝喾乃令人抃，或鼓鼙，击钟磬、吹苓、展管篪。因令凤鸟、天翟舞之。”翟，即山雉，天翟就是天鸡。凤凰与天鸡一起起舞。《古乐》篇另有云：“帝尧立，乃命质为乐，质乃效山林谿谷之音以歌，乃以麋輅置缶而鼓之，乃拊石击石，以象上帝玉磬之音，以致舞百兽。”这个“舞百兽”里面肯定就有模拟凤鸟的舞蹈。《竹书纪年·帝喾高辛氏》有云：“喾高辛氏，生而骈齿，有圣德，初封辛侯，代高阳氏王天下，使鼓人拊鞞鼓，击钟磬，凤凰鼓翼而舞。”

翔鹭纹铜鼓鼓腰上的羽人

这里就记载得非常详细。《韩非子·十过》记载音乐家师旷鼓琴时，玄鹤飞来作舞，十分精彩。“师旷不得已，援琴而鼓。一奏之，有玄鹤二八，道南方来，集于郎门之垝；再奏之，而列。三奏之，延颈而鸣，舒翼而舞，音中宫商之声，声闻于天。平公大说，坐者皆喜。”

四五千年前的古吴越地区良渚文明因为发生自然灾害被淹没以后，帝俊的凤鸟部族向东发展，到了东夷，史书上记载“少昊之立也，凤鸟适至”，说的就是帝俊部族跳着凤鸟舞到了东方，得到东夷的接纳，开启了东夷的鸟图腾崇拜和鸟官时代。在《山海经》里处处有凤鸟舞蹈的记录。在这部古老的经典中，提到帝俊的不下十五处，说帝俊的形象是鸟首人身。书中记载帝俊“使四鸟”，他所到之处，“五彩之鸟”——凤鸟相随。《山海经·海内经》有云：“帝俊有子八人，是始为歌舞。”

中国古代舞蹈史中，可以列举的至少有下面这些：伏羲氏的《凤来》舞、帝喾时的图腾舞《凤鸟天翟》。班固在《东都赋》里面描写了汉代四夷乐舞齐集洛阳表演的盛况，有东夷的《矛舞》、西南夷的《羽舞》、西夷的《戟舞》和北夷的《干舞》。从舞蹈名称来看，其他三夷的舞蹈多少带点战争和杀戮的味道，唯独西南夷的《羽舞》传递的是美丽、吉祥和飘逸，透露出西南地区自然环境之优美以及爱好和平的性格特点。唐代有软舞《春莺啭》，还有白居易《长恨歌》里面说到的《霓裳羽衣舞》，元杂剧中仍然传承杨贵妃的《霓裳羽衣舞》，还有《金翅鹏舞》。

铜鼓是古骆越人的重器，但是，重器上出现最多的却是最轻盈的鸟、鸟纹和羽人。铜鼓上众鸟环绕太阳起舞，环绕鼓心太阳芒飞翔的鹭鸟多的有 20 多只。鼓腰上羽人划船，也是一种整齐划一的舞蹈。还有的羽人徒手起舞，他们头戴羽冠，身饰翎羽，两手张开或向上高举，做飞腾或跳跃的形态，从动感中显示出鸟的神态或表明为鸟的化身，这就是铜鼓上的鸟舞。

居住在湘黔桂三省交界地区的侗族人自称是鸟人的后代，在他们的神话传说里，他们的祖先是由鸟蛋孵化而来的，所

三江侗族姑娘的头饰

2012 年 6 月，在龙州县的中越歌圩上，当地花凤舞队的表演

以每年的八月十五，小伙子们都会在头上、身上插满翎羽，跳芦笙舞。三江侗族姑娘的头饰由银锡合金打成，一尺高，有三到四层，顶端就站着一只凤凰，凤凰四周有四五只小鸟，最底一层系着各种颜色的绒球，中间穿着各种形态的小鸟。姑娘们的腰带上也绣着鸟纹，所系的飘带上都有绒花做成的小鸟。一跳起舞来，全身鸟饰飞动，姑娘们就像一只只绚丽的凤凰。

广西龙州如今仍然流传着花凤舞。花凤舞目前在龙州金龙镇板烟屯比较盛行，原名鹤舞，类似龙州上金地区的白鹤舞。花凤舞舞蹈形式自由，无固定舞步，表演者可视场合自由发挥，其舞蹈大致可以分为前进步、觅食步、作贺、嬉戏、作揖、跳跃六类。花凤舞多在节庆、婚嫁、歌圩、乔迁新居等场合表演，在祭祀土地神和过侬垌节时也偶尔可以看到花凤舞。

横州市灵竹、陶圩、六景一带的壮族聚居地流行凤凰舞。它的表演形式有两种：一种是单一的凤凰舞，由一人或两人穿凤凰形态的服饰进行表演。凤冠用珠子穿成，凤尾色泽艳丽，表演者脚上还穿饰有羽毛的鞋袜，表演凤凰啼鸣、抖翅、舔羽、沐浴、饮水、展翅等动作。另一种形式是与其他兽类，如狮子、麒麟合舞，叫“三穿花”，与仙马合舞叫“彩马彩凤舞”，表演者均着鸟兽服饰，互相穿插对舞，呈现生动鲜活、缤纷斑斓、和谐吉祥的景象。

另外，流传在靖西、德保县的鸿鹄舞，也叫干各舞，也是模拟鸟类的舞蹈表演。

在广西各地流行至今的“鸟舞”，都是源于古越人的原始鸟图腾崇拜。“鸟舞”在中华大地上渊源很深，底蕴十分深厚，发育得十分丰盈成熟，就像百鸟的羽毛那么斑斓华美。

公鸡象征太阳，张亚原舞着百鸟衣往京城去见公鸡姑娘，就仿佛众鸟向着太阳而舞，这其实与铜鼓面蕴藏的含义一致，也与河姆渡时期的双鸟舁日含义一致，实际上是一个古老的图腾在大地上幻化出的一个饱含人间喜怒哀乐的民间神话故事。

公鸡的文化意义

百鸟衣故事中，公鸡变姑娘这一超现实的情节引发了学者们对公鸡在壮族神话中的文化学思考。那么，在壮族文化中，公鸡有什么特殊象征意义呢？我们都知道，公鸡的特性是早晨报晓，这一自然现象在壮族的民间神话故事中得到了丰富的诠释。神话故事是人们对现实世界的一种解释和理解，只不过它运用了幻想的形式。

壮族聚居地流传比较广泛的是公鸡叫太阳的故事，至少可以列出三个，其中一个是流传在广西龙州的《公鸡叫太阳》。故事里说，在远古时代，天上有很多太阳，把大地烤得热烘烘的，河水都被晒干了。村里的一个小伙子后羿，用弓箭把太阳射了下来。汉族的神话里也有“羿射九日落”的说法，这里的后羿是壮族版的后羿。后羿把天上的太阳一个个射了下来，最后只剩下一个。剩下的这个太阳害怕被射落，躲到了一座大山的背后。它这么一躲，天上就没有太阳了，大地一片漆黑。万物生长靠太阳，没了太阳这还得了！人们不仅不能下地干活，摸黑出门还经常摔断手脚，动物界也是一片混乱。大家意见很大，要求国王想个办法把那太阳请出来。国王召开大会，天上飞的、地上跑的、水里游的、树上爬的，全都来参加会议。国王发出命令，哪位勇士能把太阳请出来，他一定重重有赏，如果请不出来，就以死罪论处。首先响应国王号召的是一头猪，猪做事情往往不加考虑，以为会叫就行。没等国王同意，它就上路了。猪到了太阳藏身的那座山后便开始喊叫，由于声音太难听，叫了九九八十一天，叫得全身疲软了，太阳也没出来。猪回到国王那里就被国王宰了，人类就是从那个时候开始杀猪吃猪肉的。

第二个报名去叫太阳的是黄牛，它也没有成功，也被国王以死罪论处。猪和牛都办不到，大家都沉默了，没有谁敢报名。这个时候，有一只公鸡站出来，它说：我想去试一下，为大家找光明，即使失败了，做出的牺牲也是值得的。国王同意了，让它立了军令状。公鸡的声音非常响亮、动听，太阳果然受到吸引，慢慢地伸出头来看，当它看不见射手的踪影后，就越升越高，给大地带来了一片光明。但是毕竟后羿给它带来了太大的心理阴影，因此每到傍晚，它还是有点害怕，于是又躲到山里去了。第二天早上公鸡连叫三遍，太阳又出来了。从此日出日落也就形成了规律。公鸡把太阳叫出来以后，国王奖赏它，给它戴上皇冠，赐给它美丽的袍子和黄金做的脚镯。大家也很感恩，用谷米来喂养它。公鸡觉得人类待它很好，为了报答，它每天早晨都叫出太阳。

这是民间故事对天体现象的解释，公鸡在其中扮演了重要角色，起到重要作用。

第二个故事是流传在都安的《特火请太阳》，说的是人变公鸡请太阳的故事。红水河畔有一个村庄，那里住着一个孤儿叫特火，他练就了一身的好武艺，是个有名的猎手。每次打到猎物，他都会请乡亲们聚餐，村里哪家有难，他也都主动去帮忙。后来他救了一个落水的姑娘达媚，并与她成亲。他们成亲的第七天，天上突然就没了太阳，也没了月亮，天地一片漆黑。特火去请教布洛陀，布洛陀叫他去问昆仑山上的天神，于是特火打算去昆仑山。他告诉了妻子达媚，达媚说："我们壮乡离昆仑山十万八千里，这么远，怎么去啊？"但是为了能够为大家找回光明，她还是支持他去。她给他蒸了五色糯米饭，用芭蕉叶包好，最后还掏出了自己的心交给特火说："把我的心带上，我的心会成为火把，帮助你穿过黑暗，总有一天你会找到光明。"说完永远地闭上了眼睛。

特火带上妻子的心，骑上乡亲们送给他的千里马，直奔昆仑山而去。历经重重险阻，他终于来到了昆仑山，并从天神那里知道了太阳消失的秘密：王母娘娘为了惩罚夜间外出游玩的女儿达锦，把天上弄得没有黑夜，只有白天。天上原本有十二个太阳和十二只公鸡，公鸡的毛也会反射阳光。达锦被关在家里织锦，熬不过漫长的白天累死了。她的丈夫特很见到妻子累死了很伤心，一气之下，就拿起神弓射落了十一个太阳和十一只公鸡。最后一个太阳见势不妙，赶忙逃跑，剩下的一只公鸡也逃得无影无踪。特很一路猛追，太阳跑到东海底下躲了起来，于是大地一片黑暗。

特火问怎样才能把太阳请出来，天神说，只有雄鸡去请，太阳才会出来。特火说他想去把那只雄鸡找回来，天神告诉他，雄鸡躲得太远，要走五十年，才能找到它。特火说："五十年太久，乡亲们都在受苦，我愿意变成一只雄鸡，去把太阳请出来。请你帮助我！”天神见他说得真切，就给他指点迷津。于是特火到东海蓬莱岛找到一个仙桃，吃了仙桃以后当即晕了过去。当他醒来时，已经变成了一只身披五彩羽毛的雄鸡，而达媚的心则变成了红艳艳的鸡冠。特火飞上了一块大石头，对着大海喔喔喔地大声叫。他叫了三遍，第三遍时拍打翅膀，扇动波浪传递信息，终于把胆战心惊的太阳从东海里面叫了出来，大地重新获得光明。

第三个故事是流传在田阳的《公鸡叫太阳》。这个故事讲的是从前大地没有光明，百兽之王狮子派老鼠、苍蝇和蜘蛛上天去盗取光明。老鼠、苍蝇和蜘蛛运用聪明才智，破解了光明世界之王给它们设置的种种难题，最后成功地把藏有光明的黑笛子带回了大地。回到大地以后，动物界一片欢腾，它们把老鼠、苍蝇和蜘蛛团团围住，听它们讲故事，接着又闹着要看笛子。老鼠不知道这个笛子是用吹奏乐曲来放出光明的，拿在手上摸了半天也没摸出光明来。狮子很生气，老虎暴跳如雷，大家嘲笑老鼠无能，搞到一根没头没尾的竹子不知何用。

实际上，老鼠在这次盗取光明的行动中功劳是最大的，但它得到的却是冷嘲热讽。它感到羞愧难当，无地自容，于是就挖了个地洞钻了下去。从那个时候开始，老鼠就开始过它的地下生活，而且心情一直不好。它们相互之间也没有什么好脸色，说起话来，不是窃窃私语，就是拿腔拿调、冷嘲热讽。

说起来还是狮子老练，它拿过笛子左看右看，见上面有一些洞眼，于是就吹了一下。突然，笛子里飘出了一点星星闪闪的东西来。这星光一落地，就变成了一只美丽的公鸡。这只公鸡拍着翅膀对着东方叫了起来——喔喔喔——于是太阳就从东方升起了，光明照耀大地。

此外，壮族聚居地流传的《侯野射太阳》《特光射太阳》这些射日英雄神话中，都有公鸡海上叫太阳的情节，只不过公鸡到不了海上，是靠一只母鸭背着游到海中间的。作为回报，公鸡叫母鸡以后帮鸭子孵蛋。鸭子只下蛋，不孵蛋，就是从那个时候开始的。

在江南稻作区，也有一个红冠公鸡的传说。这个故事说的是古代两家财主联姻，为儿女办婚事，都想摆阔气，炫财富。办婚事那天，新娘家用白米铺路，号称“铺银开道”。男方家也不甘示弱，在迎亲的路上用谷子铺路，说是“金珠迎亲”。路人见了，无不咬牙切齿。

新娘在轿子里听到路上响起的沙沙声，就问抬轿的人是什么声音。抬轿的人回答新娘说：“走黑心路，脚踩血汗珠。”新娘不解其意，一再央求抬轿的人给她解释。抬轿人见新娘不像黑心人，就把真相告诉了她。她明白后深为惊恐，觉得这么糟蹋粮食是造孽。她忍不住掀开轿帘，伸头一看，果然看到地上撒满了厚厚的稻谷，非常难过。她命令停下轿子，派人把稻谷扫到一边后才登轿。

第二天早晨，新娘起床梳妆，不小心把金钗掉落在地上，正想弯腰拾起，突然飞来一只红冠的公鸡，啄起金钗就往门外跑。新娘赶紧出门去追，追了一里多路，突然乌云满天，雷声阵阵，公鸡不见了，金钗就在脚下。新娘捡起金钗准备返家。这时，她听到轰隆隆两声巨响，原来是她的娘家和婆家所在的两个地方，陷成了两口深不见底的大水塘。糟蹋粮食的人全部掉进了深塘里面，只有爱惜粮食的新娘躲过一劫。这两口水塘，人们称为“天陷塘”。故事里让新娘脱离危险的是红冠的公鸡。公鸡真是吉祥和平安的守护神。

公鸡在壮族的神话故事中是把太阳叫出来的使者，它象征着光明和吉祥，它的羽毛非常美丽，有红红的鸡冠，所以它也是美丽的化身。过去和现在的壮族聚居地都养有公鸡，每家每户无论是贫是富，都至少养有一只大公鸡，大公鸡是村子的志气和骄傲，也是每一家每一户的志气和骄傲。

公鸡每天叫醒太阳，也叫醒希望。

百鸟衣故事里的大公鸡变成了一个美丽的姑娘，嫁给了张亚原，对张亚原来说，她是希望和美丽的象征。

公鸡在民间有“逐阴导阳”的功能，因此在各种祭祀活动中十分重要。公鸡还被当作生育神，在壮族婚姻仪式上，公鸡被当作“带路鸡”。公鸡变成姑娘，是有深层次的文化背景的，与远古的日、鸟、鸡、凤图腾崇拜有关。公鸡也被称为金鸡，金鸡实际上也是凤凰。公鸡实际上有多重身份。百鸟衣代表一百只鸟，公鸡姑娘看到百鸟衣就笑了，这可看作百鸟朝凤的另外一种形态。

黄鸟与白鸽

在横州市流传的百鸟衣故事中，其中一个版本是张打鸟救了一只黄鸟，黄鸟感恩他，天天给他唱歌，还变成姑娘给他做家务，为他织百鸟衣。故事的开始发生在三省坡上，有一天，有个叫张打鸟的孤儿在清水潭边做了一个梦，梦见一个人面鸟身的羽人朝他飞来，交代他第二天上山打鸟时，如果看到一只黑鸟和一只黄鸟搏斗，要把黄鸟救下来。第二天，他上山打鸟，果然看到一黄一黑两只鸟在林子上空激烈搏斗，几个回合之后，黄鸟明显处于劣势，眼看就要招架不住。这时，张打鸟拈弓搭箭，把黑鸟射落，救了黄鸟。为什么羽人要叫他救黄鸟呢？黄和黑，从色彩上来说，它们是平等的。那黄鸟到底有什么特殊的象征意义？

陈勤建先生1996年出版的《中国鸟文化》一书，提供了一些重要信息。陈勤建提出了“友鸟信仰文化”，在我们的崇鸟信仰中，友鸟之尊，首推黄鸟。原来，张打鸟救下的“黄鸟”真的是有说法的。民间神话故事里的一人一物，都不是凭空而来的，它必然有它的社会文化背景。黄鸟又名黄莺、鹂鹠、鸧鹒等，古时被视为讲究友情的鸟。它体态轻盈，声音特别美，叫起来婉转流利，令人听来心情愉悦。《诗经》有许多写鸟鸣的诗句，比如“伐木丁丁，鸟鸣嘤嘤。出自幽谷，迁于乔木。嘤其鸣矣，求其友声”，一般都认为是指黄莺在歌唱，它用甜美的声音呼唤友情。这显然是一种重情义的鸟。另外，《诗经》里面专门有一首诗叫《黄鸟》，讲的是秦穆公用活人陪葬的故事，令人不寒而栗。在诗中，黄鸟“止于棘”“止于桑”“止于楚”，为人类愚蠢、自私、冷酷的行为发出痛楚、绝望的哀鸣。可见，黄鸟是一种多么通晓人间事理的灵禽。

黄鸟的友情信念，从民俗学角度看，源于更古老的民间信仰。

《山海经·北山经》有云：“轩辕之山……有鸟焉，其状如枭而白首，其名曰黄鸟，其鸣自詨，食之不妒。”原来，上古时期，黄鸟被视作疗妒的良药，用它做膳，可以治愈人们心中的嫉妒。嫉妒这种灰暗的疾病，不但给自己带来无限煎熬，也给他人带来不少灾难和悲剧。莎士比亚在他的悲剧《奥赛罗》中，写了一个因为妒忌和猜疑，英雄与美女双双毁灭的故事。其中有一段写道：“主帅啊，当心你会嫉妒，那可是一只绿眼的妖魔，它惯于要弄爪下的猎物。”把嫉妒比喻为绿眼妖魔，好生准确形象！有趣的是，中国先民们从远古时代就已经开始苦苦寻找治愈这一“疑难杂症”的良药。这一味药还真不容易找。相传梁武帝的结发妻子郗徽，天生妒性十足，有人给梁武帝献策，以黄鸟为膳，果然，几剂下来，妒减一半。人们认定黄鸟能够治愈嫉妒，大约是因为它天性美丽，目光清澈，声音动人，它有信念，有同情心，有悲悯情怀，时时沉浸在自己的快乐中，感染了所有的同类和异类。它与物为善，与人为友，清音献天地，情意满人间，成为友鸟之尊。

回头来看张打鸟这个故事。我们看到，那黄鸟变成一位美貌的姑娘，坐到织机上编织百鸟衣，姑娘边织边唱：

百衣鸟哟，百鸟衣，百鸟的羽毛，百鸟的灵气，
千针万线缝起来哟，好让阿哥展翅飞……

声音很美，我们弄不清是美丽姑娘的声音，还是山林里最动听的黄鸟的歌声……

横州市百鸟衣故事传播最广、影响最大的应该就是校椅镇文村韦世足老人当年给韦其麟讲的那个版本。在这个百鸟衣故事里，张亚原的妻子被抢走前，交代张亚原十年以后，用卖货赚的银子买一百只白鸽，用白鸽的羽毛织成一件百鸟衣，再买一只鼓和一面锣，余下的钱做盘缠，一路打鼓敲锣跳鸟舞到京城找她。这个故事让人纳闷的地方也是这只鸟，为什么是白鸽，而不是别的鸟？白鸽在壮族文化中有什么特殊的寓意？

我们可以从壮族学者的著作里找到一点线索，一些壮族聚居地把白鸽当作聪明智慧的象征。如此说来，它便与聪明伶俐的公鸡姑娘隐隐牵上了线。打败强抢民女的邪恶势力需要智慧。在神话传说中，壮族始祖母姆六甲诞生于一只卵里的一朵花中，她名字中的“六甲”即是“六甲鸟”，意思也就是鸽子。民间有“聪明不过六甲鸟”的说法。姆六甲，意为

六甲母亲，就是鸽祖母。她是一个以鸽子为图腾的氏族和部落的始祖母，是聪明和智慧的化身。她足以做聪明人的师傅。她捏泥巴创造了男人和女人，为了使宇宙更加有生气，她又捏泥巴到处乱撒，于是天空出现了飞鸟，地上出现了走兽。下雨了，鸟兽和人没地方躲藏，她便张开双脚坐下来，顿时出现一个岩洞，让那些生动活泼的生灵有个地方避风躲雨。这个“岩洞”，在我们看来，分明就是一个“大鸽巢”。

此外，鸽子与人特殊的情感关系，我们在陈勤建的《中国鸟文化》一书中也能找到重要的线索。作为被人们交口称赞的人鸟情的典范，鸽子当之无愧。在中国的民俗观念中，鸽子与人的关系常常让“信义”二字熠熠生辉。在人们心目中，它是一种讲情义、诚实守信的灵鸟。

相传汉高祖刘邦当年打败仗逃命时看到一口井，情急之下跳到井里躲避。项羽的士兵追到那里，看到井栏上站立着一对可爱的鸽子，这对鸽子互相帮助对方梳理羽毛，相处得十分融洽，一点也没有受惊吓的样子。因此追兵没有怀疑井中有逃亡之人，转身到别处去了。刘邦得了天下以后，感念两只救命的鸽子，便把那口井命名为“鹁鸽井”。

因为鸽子本身天赋的定向导航回归能力，古人早就知道用鸽子来传递信件。唐代诗人张九龄年轻时与亲友们通信，通过鸽子传送，每次都准确无误，他给爱鸽起名“飞奴”。明人皇甫汸在南京供职，受谗言中伤，决意辞官还乡，令其子将其所养的十余只鸽子放走，其中一只鸽子朝去夜回，恋恋不舍。皇甫汸大为感动，写下《义鸽赋》：“何斯禽之灵哲兮，乃恋主而踟蹰。……众方嫉余之修能兮，鸟何意而怜才。”重情守义的鸽鸟让许多圆颅方趾的人类感动惭愧。

在民间传说中，白鸽还会变成白衣少年与姑娘相恋，与朋友订交。在《中国鸟文化》中记录了一则唐代陕州的故事。田氏挖井挖到一根有灵芝气味的植物，于是将之置于佛前供奉，其女儿登娘常于佛前供香火。一年多后，常有一白衣少年在佛堂出现，与登娘私下相恋，暗结连理。

春天时植物长出新芽，登娘怀孕，不得不告知其母，其母疑少年与那植物有关。后来田家来了个和尚，佛堂无人时，和尚推门而入，一只白鸽从和尚头顶凌空飞过，从此再无踪迹。

《聊斋志异》记载有一个山东邹平人张幼量养鸽子的故事。张公子喜欢驯养鸽子，他照料鸽子无微不至，家中五颜六色的鸽子灿若云锦，异常美丽。有一天，一个白衣少年忽然来访。白衣少年看了张公子的鸽子以后，提出带他去看自己家的鸽子。张公子跟他走过月色昏暗的荒凉野地，来到一处庭院。白衣少年呼唤其鸽子前来表演，先是一对白鸽，后是一大一小两只鸽子。这些鸽子的鸣声与舞蹈无不丝丝入扣，其品种之稀奇，令张公子叹息平生未见，极其羡慕。在他苦苦相求之下，白衣少年赠送他两只眼有琥珀光、羽毛莹白的鸽子，离别时白衣少年化作硕大白鸽冲天而去，庭院顿时消失。

张公子回家后对两只白鸽倍加珍爱，两年之后这对白鸽生育雌雄小鸽各三只。后一长者来访，张公子择小鸽一对相赠，几天后因为思念小鸽便到长者家察看，孰料那对鸽子已被长者烹食了。张公子痛心疾首，含泪而归。当晚白衣少年托梦谴责他：我因见你爱鸽，故以儿孙相托付，你怎能将明珠暗投？！既然发生如此悲惨的事情，我只好把它们带走了。第二天，鸽群中的白鸽果然全部消失了。张公子追悔莫及，悲痛之下，他遣散所有的鸽子，从此不再养鸽。心爱之物，切忌轻易赠人。这一点，化身白衣少年的鸽鸟比张公子清醒。

白鸽的“信义”精神，从这些感人至深的故事中我们已经深切地感觉到了。白鸽在壮族民间文化中与古老的信仰图腾有关，它象征着聪明智慧，也象征着坚守信义和赤胆忠贞。在百鸟衣故事中，张亚原坚守诺言，十年寻妻，身披一百只白鸽的羽毛织成的衣服，相当于一百只白鸽跟随着他翻山越岭，风雨兼程。百鸟衣的非凡神力帮助他找回他的爱情，找回他的尊严，实现所有的梦想！

百鸟衣故事中蕴含的反抗与斗争精神

百鸟衣故事中，蕴含一个不平凡的内核，这个不凡之物与壮族性格关系十分密切，可以说是体现了壮族的精神。是什么呢？就是壮族的反抗和斗争精神。面对封建统治阶级和恶势力的残酷压迫，壮族人民历来敢于反抗、敢于斗争，而且勇于斗争、善于斗争，有自己的斗争智慧和斗争哲学。

这种敢于斗争、勇于斗争、善于斗争的精神，是壮族人民的重要精神财富。百鸟衣民间故事里面的张亚原，他抗争的对象是皇帝。他的对手非常强大，然而，拥有百鸟神衣，他一举获得了胜利，儿子亚德还坐上了王位。韦其麟叙事长诗《百鸟衣》里面的古卡，他与公鸡变的姑娘依娌一道，跟土司斗智斗勇，挫败了土司的一次次刁难，破解了一个个难题，体现了壮族人的机智。当智慧斗争处于下风之后，土司老爷气急败坏，不惜动用权势和武力，直接抢走了古卡的妻子依娌。历史上，土司强抢民女的事件可谓屡见不鲜，他们就是地方的土皇帝，在辖区内有着生杀予夺的大权，更有甚者，他们还享有少女出嫁前的初夜权。他们横行霸道，为所欲为，给壮族人民造成深重的灾难，留下旷日持久的心理阴影。在民间故事里，土司制造灾难的情节比比皆是。

但是依娌被抢以后，古卡有没有忍气吞声，听天由命？没有！这个时候，刚好是故事的转机，也就是百鸟衣作为重要线索被引入的时候。依娌告诉他：你上山去打一百只鸟，用鸟的羽毛做成一件百鸟衣，一百天后到土司衙门来救我。故事发展到这里，依娌仍然是在运用智慧，她胸有成竹，计划借用百鸟衣神力逃脱牢笼。古卡就按照她的说法，翻过九十九座山，蹚过九十九条河。从来没有人登过的山，他登了；没有人涉过的水，他涉了。终于，他打下一百只鸟，做成了一件羽光闪闪的百鸟衣。然后，他就凭着这件衣服，畅通无阻地进入土司衙门，巧妙地让土司老爷穿上这件百鸟羽衣，趁土司换衣服的时候，“白刀子进，红刀子出”。最后，古卡和依娌骑上骏马，飞奔而去。他们与土司的斗争获得了胜利，而且获得了决定性的胜利。这是充满勇气，同时又是充满智慧的斗争。

在蓝鸿恩先生搜集整理的民间故事集《神弓宝剑》中，有一则流传在红水河下游来宾、忻城、上林等县的爱情故事《特丘和达七》。故事中的女孩子达七有一段唱词，唱出了对爱情的坚贞，也唱出了对破坏爱情者的一腔怒火，其中蕴藏着强烈的反抗和斗争精神。奇特的比喻和想象，使唱词具有动人心魄的艺术感染力：

我俩结交多恩爱，哪怕土司安罪名。
土司绑我下龙潭，不怕龙潭万丈深。
土司要把我丢下红河去，我俩牵手跳河心。

双刀架双颈，不怕血淋淋。
血里脊背靠脊背，血里脚跟靠脚跟；
肝肠破碎成烂纸，两眼相看还含情；
割耳好比摘香蕈，斩头好像甩头巾；
剥皮只当脱衣服，抽筋只当解绑绳；
脖子要断一起断，热血要喷一起喷；
喷血变成冲天柱，变成满天火烧云；
人人见了都拜祭，供奉我俩是爱神。

这种斗争的精神在壮族历史的长河中，仿佛飞溅的浪花，耀眼而夺目，而且可以说是一以贯之的。在壮族的神话故事里，有一个著名的英雄人物叫布伯，他与代表自然力量的雷王做坚决的斗争。当时大地干旱天不下雨，求神没用，布伯就带着人上天去找雷王，跟雷王斗争。布伯还带人到地下抓龙王，龙王不放水就攀龙角、拔龙须。布伯设计把雷王活捉了，准备拿来腌酸，雷王逃脱后倾下天河水淹没了大地。洪水涨到天庭，布伯坐着伞船，挥舞着寒光闪闪的利剑，上天与雷王决战，砍掉了雷王的两只脚。雷王赶紧逃跑，命令火速退水。因为水退得太快，布伯从天上摔下来，砸在山峦上，粉身碎骨。他的心迸出，挂在天上，成了启明星。失去双脚的雷王砍来两只鸡脚给自己接上，从此，雷王的脚成了鸡脚，他再也不敢到凡间来闹事了，生起气来只能在天上轰隆隆地打雷。这就是壮族英雄布伯的故事。他是一个非常敢于斗争的人，敢于跟残暴、凶恶，代表统治阶级和自然神力的雷王作战，决不妥协，决不屈服，一直战到最后，粉身碎骨也在所不惜，这是壮族非常可贵的斗争精神和牺牲精神。

另外，在桂西北的壮族聚居地还流传着莫一大王的故事。莫一大王也是一个反抗朝廷的英雄。他有神力，为了获得宝贵的盐，他赶山围海，惊动了朝廷。他运用智慧获得皇帝的信任做了京官，但后来被奸人构陷，遭朝廷派兵围剿。经过一番战斗，莫一大王寡不敌众，头颅被砍下来后飞到空中还发出了狂笑，把皇帝的部队吓坏了，这是何等的英雄豪气！

仫佬族民间故事中的英雄人物稼极像莫一大王。莫一大王是在藤条上跑马，而稼是在白布上跑马。稼的坐骑是一匹三脚马。他们扎草木为兵对抗朝廷，结果皆因母亲导致法术失灵。他们被砍头后，头颅放在瓮坛里等待化为黄蜂，却因母亲早早揭开瓮坛盖，黄蜂翅膀还没有硬，导致报仇失败。这里面蕴含的文化信息耐人寻味，或许是当时母系氏族向父系氏族过渡，父系力量升起，母系力量衰落的映现。

除了神话里的壮族反抗故事，史册昭昭，还留下了很多壮族英雄事迹的真实记载，壮族向来就是充满反抗精神、非常有血性的民族。当年武王伐纣时，牧野誓师的八支部队中就有壮族的一支，那时还不叫“壮”，叫“濮人”。秦始皇横扫六合的时候，遇到西瓯部落联盟首领译吁宋率众坚决抵抗，史书上对那一场战役的描述是“伏尸流血数十万”，主帅屠睢只得向秦始皇汇报“五十万大军已经伤亡甚重”。壮族先民激烈的反抗，让秦始皇在西瓯付出了惨重的代价。还有侬智高的反抗斗争，也留下了可歌可泣的英雄故事。一直到后来的大革命时期，作为百色起义领导人之一，韦拔群延续了壮族英雄人物的血脉，他敢为天下先，散尽私财为劳苦大众谋求未来，他为革命抛头颅，洒热血，为共和国流尽了最后一滴血。他身上体现了壮族人民敢于为了保护自身权益而反抗的英勇无畏，体现了斗争的精神，还有斗争的智慧。这些都说明壮民族是一个不屈不挠的民族，非常勇敢。

百鸟衣故事蕴含的反抗精神，使这一件百鸟衣光芒四射。百鸟衣蕴含了太多的信息，牵系着一个民族的历史，牵系着大地山川，雾霾云霓，它飞过丘丘壑壑、沟沟坎坎，闪耀着迷人的光辉，它是一件举世闻名的瑰宝。它浸润了血泪，记录着命运的跌宕，它是如此让人内心为之激动和颤抖。它甩动一下，群山上空都是星星般的故事与传奇。

百鸟衣渊源有自，意味着壮民族的斗争精神同样渊源有自。那是一股浩荡的力量，从神话故事里面传来，也从历史深处涌来。我们相信，这种力量今天依然在壮民族的血脉里涌动着。这种大无畏的良好基因，不是好斗，而是一种敢于斗争、勇于斗争的精神。当国家面临各种困扰，比如外敌入侵，比如内部产生歪风邪气，就需要我们敢于斗争、勇于斗争、善于斗争，这就是现在所倡导的斗争精神。

羽光闪耀：百鸟衣故事的文化生命力

《百鸟衣》与《召树屯》

壮族著名诗人韦其麟的童年是在横州市校椅镇文村度过的。他上学要经过山脚下的一个砖瓦窑，那里有个老人叫韦世足，会讲很多故事，还会唱很多山歌。孩子们常到他的砖瓦窑听他讲故事、唱山歌。百鸟衣的故事就是韦其麟当年在砖瓦窑听韦世足老人讲述的。韦其麟先生回忆说："放学后在瓦窑，四公边打砖边和我们几个小孩讲的。""四公讲时不是说'百鸟衣'的故事，而是说'给你们讲一个好听的《哒哒叮，张亚原卖糍粑》'。"

当地有唱山歌的传统，韦其麟回忆小时候的生活，总是会提到他听过的那些"悠然而深情"的山歌。他是这样描述的："如山顶飘逸的白云，如山间清莹的流泉，如带着草木和野花的芳菲和风，令人陶醉。"当地还有一种独特的民间文艺形式，叫作山歌剧，剧本是用山歌写成的，有故事情节，有整齐的句式和规定的韵律，深受当地群众喜爱。韦其麟从小就生活在这样一个充满了故事和山歌的环境中，艺术灵感的种子早就植入了心田。

据说他在上初中时就有过念头，要把听到的百鸟衣的故事用诗歌的形式写出来。但毕竟他当时还只是初中生，对语言的掌握、各方面的知识储备还不足够，因此也只是做了一些有益的尝试。一直到他考上了武汉大学，大学二年级那个暑假他没有回家，便想把百鸟衣这个故事用叙事长诗的形式写下来。在此之前，他还是高中生的时候已经发表了叙事长诗《玫瑰花的故事》，积累了写作经验。有了充分的准备，百鸟衣这个题材他就可以大胆触碰了。1955 年，那一年他 20 岁，完成了叙事长诗《百鸟衣》的创作。《百鸟衣》先在《长江文艺》发表，紧接着《人民文学》《新华月报》转载，中国青年出版社出版了单行本，在国内引起轰动，好评如潮，并且还被翻译到了国外。迄今为止，其单行本和各种改编本的发行量累计超过 100 万册。

这首闻名遐迩的叙事长诗，得益于作者对民间故事的观察、思索和吸收，更多的是个性化的文学改造和创造，他诗意的想象力得到了淋漓尽致的展现。那么，这首长诗讲述了一个什么故事呢？

一个叫古卡的小孩还没出生，他的父亲就因为给土司打工累死了，他母亲带着他长大。对他长大的过程，诗中有精心的描述：古卡想去读书，却因母亲没有钱只能去砍柴来卖；古卡自己制造弓箭去打猎，慢慢成为一个远近闻名的猎手……因为家里穷，一直到 20 岁，他还没成家。

有一次他砍柴回来，一只公鸡跳上了他的担子，跟他一起回了家。他母亲说：这只公鸡不是我们家的，要别人家的公鸡不好。第二天他带着公鸡去砍柴，把公鸡送到村口，让它回自己家去。然而等古卡回到家的时候，公鸡已经在家里等他了。这只公鸡怎么赶都赶不走，他便把它养在了家中。再后来，公鸡就变成一个姑娘嫁给了他。

这个姑娘叫依娌，非常美丽、贤惠，心灵手巧，干活、刺绣、唱山歌样样在行，“依娌种的甜瓜，一百里外就闻到瓜香了”，“依娌绣的花朵，连蜜蜂也停在上面”。小两口儿日子过得非常滋润，让人羡慕。

后来土司老爷听说古卡的妻子依娌很漂亮，垂涎三尺，想占为己有。他给他们出种种难题，比如把芝麻和绿豆混在一起，要古卡三天内把它们分开，分不出来，脑袋就得搬家。依娌破竹篾做成细格的筛子，筛子一筛，芝麻就会掉下去，绿豆就会留在上面。土司的难题迎刃而解。

后来土司的狗腿子又进行各种刁难，比如要古卡上缴一百个公鸡蛋。还是依娌聪明，当狗腿子来催要公鸡蛋时，她说：我们家的古卡现在没有空，他正在生小孩。狗腿子说：胡说！男人怎么可能生孩子？依娌就说：那既然男人生不了小孩，公鸡又怎么能下蛋呢？他们用智慧将土司打败了，土司气急败坏，硬抢走依娌，把古卡的母亲气死了。

依娌被抢走的时候交代古卡，要他上山去打一百只鸟，然后用这一百只鸟的美丽羽毛制作一件百鸟衣，到土司的衙门来救她。古卡花了一百天的时间，走遍了九十九座山，蹚过了九十九条河，射落了一百只鸟。这种鸟在诗中叫雉鸡，羽毛非常艳丽。古卡用一百只雉鸡的羽毛织成了一件百鸟衣，羽光闪闪。他日赶夜赶，逢山过山，逢水过水，来到了土司的衙门找他的妻子。

话说他的妻子被劫到土司衙门之后，土司给的绫罗绸缎不穿，山珍海味不吃，精神萎靡不振，终日愁眉苦脸，思念古卡。土司找来道士和卖膏药的人想逗她开心，却怎么都治不好她的闷闷不乐。

直到有一个穿百鸟衣的年轻人出现在衙门前跳舞，依娌一看见就脸泛红光。她知道是古卡来了，就请他进衙门里跳舞。依娌笑了，开心了，病就好了。土司感到很神奇，就问古卡要什么奖赏。古卡说不要金、不要银，就要一匹骏马。土司马上叫人去牵来一匹骏马，还提出用他的龙袍跟古卡的百鸟衣交换，以保证他也能让依娌开怀大笑。

古卡穿龙袍很容易，可土司穿百鸟衣却穿不进，就叫古卡帮忙。在帮土司穿百鸟衣的时候，古卡用刀把土司刺死了。古卡和依娌夫妻俩跨上骏马腾空而起，像天空中飞翔的凤凰，又像是两颗闪亮的星星。

这是一曲对坚贞爱情的颂歌，也是一个长期受压迫和侵害的壮族人民追求自由和幸福生活，通过勇敢抗争，借助百鸟衣的威力战胜罪恶的封建统治者的故事。

人们通过这部长诗，不仅记住了壮族百鸟衣的神奇故事，而且对广西壮族的生活环境，尤其是秀美的山川、丰富多彩的民风民俗也获得了全新的认识。诗的开篇写道："绿绿山坡下，清清溪水旁，长棵大榕树，像把大罗伞。""鹧鸪在这儿住下，斑鸠在这儿安家。"独特的壮乡风貌，一下子在人们的视线中展开，大家的惊讶程度可想而知。壮族无论是环境还是故事，无论是清新、浪漫的诗歌美学，还是天真、浓烈的情感表达方式，都有一些让世人意想不到的东西。

壮族的历史十分久远，百鸟衣故事源远流长，在广阔的世界中存在着。韦其麟本人说过这么一段话："当然，这个有关百鸟羽衣的故事不只是在我老家村里流传。我的一位横县百合镇的汉族同学曾对我说过，他儿时在故乡也听过村上的老人讲这个故事，甚至记得女主人公在皇帝穿上羽毛衣之后，命令卫兵杀死皇帝的话语：'野雀野雀，野雀上门，除头斩脚'。此时已被劫持进宫的龙王女或公鸡、母鸡变成的美貌仙女虽不屈服顺从，但表面上、名义上无疑是皇上之所宠。新宠，当然可以命令士兵。这故事恐怕也不只在横县境内流传，在更广阔的地域也可能流传。自然各地的故事情节会有所不同，但同此类型的民间故事在结构上都大同小异。"

但作为诗体存在和文人文学，《百鸟衣》于1955年经由壮族诗人韦其麟的手诞生，而云南西双版纳傣族的《召树屯》则是数百年来就一直在传唱的民间叙事长诗。傣语民间叙事长诗翻译成汉文，是20世纪中国文学的一大成就，与韦其麟的《百鸟衣》一同闪耀在中国少数民族诗国的天空。这两部与"鸟衣"有关的爱情叙事长诗在语言、内容情节上都有可比性。那么，民间叙事长诗《召树屯》讲述了一个什么故事呢?

故事讲述了勐板加地方的王子召树屯去打猎的时候，看到天国勐董板的七个姐妹在森林的金湖里游泳，这七姐妹是穿上孔雀衣从遥远的地方飞来的。召树屯把其中一个最美丽的姑娘喃婼娜的孔雀衣抱走了。这个故事与牛郎织女又有些相似。湖中的七朵莲花受惊动后，六个姐姐披着孔雀衣飞走了，那个没了孔雀衣的妹妹只能留下来，然后王子就将她领回了家。

王子很俊美，山歌也唱得十分动人，他们相爱了，结为夫妇，整个国家都为他们庆祝。那六个姐姐回到勐董板后说明了情况，她们的母亲很伤心，父亲叭团马上发兵攻打勐板加。听到战争的消息后，召树屯带兵出征，一对新婚夫妇就只有分别了。召树屯出征后，他的父亲受一个怪梦惊吓，担心灾祸降临，就向巫师询问。巫师摩古拉说这一切都是因为王子娶的这个女人喃婼娜，要把她杀死，才能免除国家的灾难。国王采纳了巫师的意见，准备把喃婼娜处死。

在哀求无望的情况下，喃婼娜请求在生命的最后时刻穿上孔雀衣再跳一支舞，享受人世间最后的快乐。召树屯的母亲拖出她的孔雀衣给她，她穿上孔雀衣后就飞上了天空，在都城上空盘旋，恋恋不舍，最后飞回了她的国家勐董板。王子凯旋，却找不到他的爱人，心都碎了，于是他踏上了寻妻之路。而喃婼娜所在的国家简直是天国，岂能让他轻易到达。在神龙的帮助下，他得到了神箭神药，神药帮助他渡过了危险的河流，他用神箭将挡路的山峰射开，最后来到了大海边。然而大海茫茫无边，无法跨越。

正发愁时，他听到海边大树上两只大鸟的对话："今年的日子不好过，没有东西吃。""听说那边那个国家的女儿回到家，他们的父亲准备杀象庆祝。"原来，这两只大鸟打算飞过海洋到达那个国家寻找食物。王子灵机一动，"像蚂蚁一样爬到树上，躲在雌鸟翅膀下，用宝剑挖开了毛管，就钻到里面躲藏”，依靠大鸟飞过海洋，到了喃婼娜所在的勐董板。经过一番努力，王子终于找到了喃婼娜，并顺利通过了叭团的考验，两个有情人又幸福地生活在了一起。

这部傣族长诗《召树屯》的故事，与韦其麟长诗《百鸟衣》的故事有相似之处。首先，它们都是感人的爱情故事，有情人历尽千辛万苦，靠智慧、勇气取得成功，让爱情失而复得。其次，从诗歌艺术方面来看，两部长诗都达到了极高的水平，都具有饱满的情感力量、精彩的比喻、丰富瑰丽的想象力。不同的是，长诗《百鸟衣》里面的“百鸟衣”似乎没有让人飞翔的神奇功能，而《召树屯》里的“孔雀衣”人穿上就可以飞。古卡与依娌靠百鸟衣战胜了土司，骑上骏马飞升，而喃婼娜则在最危险的时刻穿上“孔雀衣”飞走，拯救了自己的生命。神力或隐或现，或直接或间接，“百鸟衣”和“孔雀衣”都有它们的神奇价值。

韦其麟写作长诗《百鸟衣》时的社会背景、时代语境与作为民间传世长诗的《召树屯》产生的背景和时代自然是很不一样的，《召树屯》神话传奇色彩更浓郁，而《百鸟衣》只保留了神话故事的一些蛛丝马迹，加上了更具人间烟火味的社会生活内容，包括人民大众的反抗意识及反封建的阶级斗争观念。这些蛛丝马迹也许意味着藏着更深的原始文化渊源，躲在尘埃中的文化密码更加深邃，越不容易觉察的东西越需要精心解密。

壮族的“鸟衣”故事与其他民族的“鸟衣”故事都有十分古老的内核，从远处说，都有可能是环太平洋地区“鸟生”神话的投射。它们在不同的地域环境中会有所变异，染上不同的色彩，而以它们作为素材创作的叙事长诗，自然各呈异彩。

多种艺术形式演绎的百鸟衣故事

在对百鸟衣民间故事原始母题进行挖掘、再度创作、演绎提升的各类艺术形式中，成就最大、完成度最高的无疑是诗歌艺术。1955 年，年轻的壮族大学生韦其麟根据民间故事，创作了叙事长诗《百鸟衣》，引起了轰动。《百鸟衣》旋即传播中外，引起中外文学家重视。苏联的《文学报》于 1956 年 3 月 31 日发表了奇施柯夫撰写的《李准和韦其麟》一文。文章说："青年诗人、武汉大学学生韦其麟，同样是在《长江文艺》上获得了他在文学上的声誉——他在《长江文艺》上发表了他的长诗《百鸟衣》。这首长诗，后来《人民文学》和《新华月报》都转载过，刊物上出现过一些评论文字，高度估价了这位青年诗人——壮族的代表人物的作品。居住中国境内的少数民族中天才的代表人物登上了全国文坛。"（该文载于《长江文艺》1956 年 5 月号），《百鸟衣》当时的影响面可见一斑。

韦其麟的长篇叙事诗《百鸟衣》被认为是在民族诗歌的坐标上对一个古老命题做出的最精彩的演绎。作品发表几十年后，作为一部壮族文学经典，仍然为评论家所珍视，"百鸟衣"已然成为广西享誉全国的一个文学品牌和符号。2022 年

1月，中国作家协会主席铁凝给广西民族大学广西当代文学馆题词，短短的几句话，其中就提到了“百鸟衣”。她说：“广西文脉深厚、绵长，新时代新征程上，相信广西作家能以耀眼的才华编织崭新‘百鸟衣’，描绘气象万千的‘美丽的南方’。”铁凝主席提到的“百鸟衣”自然是来自韦其麟的叙事长诗《百鸟衣》，“美丽的南方”则来自陆地的长篇小说《美丽的南方》，都是广西的经典文学作品。题词寄寓了铁凝主席对广西作家再创经典的期许，意义十分深远。

《百鸟衣》创造了属于诗歌的意象群。如今，我们翻开这部长诗，依然能够深切地感受到风、色彩、声音扑面而来。诗人用丰富的想象力和优美的诗歌语言，呈现了南方田园的壮美和生机。

显然，织成这件精美诗歌百鸟衣的是诗歌的张力。我们从诗中读到了南方山区的种种物象和浓郁的南方山水气质。诗人以天作穹庐地作席的豪迈、洒脱和昂扬完成了对故土山川故事的吟唱，透出南方无法驯服的精神气质。诗句从真性情流出，有阿拉伯民间歌谣般的纯真、简单和纯粹。对坚贞爱情和美好情感的热烈赞颂也是长诗的一大亮点。每一点情绪波动，都映现在自然物上。白云、流水、动物、植物，都因此具有了生命力。

自从1955年长诗《百鸟衣》发表以后，被激活的百鸟衣故事便陆续为多种艺术形式所演绎，但大多是根据韦其麟长诗改编，男女主人公的名字沿用长诗里面的古卡和依娌。一方面，可见长诗《百鸟衣》的影响力之大；另一方面，我们也不得不承认，民间文化土壤里潜藏的珍宝具有无穷的魅力和历久弥新的开发价值。

那么，通过舞台艺术演绎的百鸟衣故事有哪些呢？

从现有的资料我们知道，1957 年 1 月，由长诗《百鸟衣》改编的邕剧正式上演，编剧是洪高明。该剧尝试以汉族皮黄戏曲来表现这个美丽的壮族神话。剧中古卡妈妈运用了“祭塔腔”陈述古卡父亲被土司拉到衙门做苦工累死的往事；依娌与村姑们插秧时与古卡唱“吊板”对歌；古卡跟前来抢依娌的土司的人马搏斗时运用了“南派武打”，到土司衙门里救依娌时运用了“乱府”排场；古卡和依娌奔赴自由天地时，运用了“过山”排场——各部分表演恰到好处，极具邕剧特色。当时该剧在南宁市人民邕剧院公演，博得满堂喝彩。1958 年 3 月，南宁市为庆祝自治区成立，举办戏剧展览周，邕剧《百鸟衣》参演，获得好评。

1959 年，侯枫、蓝鸿恩、周游等联手对邕剧《百鸟衣》进行改编，然后交给南宁市人民邕剧团重新排演。新版邕剧讲述的故事完全不同于韦其麟的长诗《百鸟衣》。他们认为，从诗歌改为戏曲，完全可以凭借想象，进行脱胎换骨的再创作，否则就不叫“改编”了。新编邕剧《百鸟衣》增加了蛇王这条线索，丰富了剧情表现，古卡不仅要跟土司进行阶级斗争，还要跟以蛇王为代表的自然界进行斗争，这是现实主义和浪漫主义结合的体现。新版邕剧《百鸟衣》在服装和舞台布景上都做了精心设计，对演员也进行了调整，表演方面保留了原版的若干长处，如“南派武打”以及“乱府”“过山”

1959 年，南宁市人民邕剧团演出邕剧《百鸟衣》

1963 年，南宁市人民邕剧团排演邕剧《百鸟衣》

1957 年，梧州市粤剧团演出粤剧《百鸟衣》

等排场的运用，华丽热闹，邕剧的元素十分突出。中国唱片厂还专程到南宁为新版邕剧《百鸟衣》灌制了唱片《中国唱片 4-4596 甲》。1959 年 10 月，广西人民出版社出版了新版邕剧《百鸟衣》剧本，这是有史以来唯一正式出版的邕剧剧本。1963 年，南宁市人民邕剧团排演邕剧《百鸟衣》。

1957 年，梧州市粤剧团在广州演出粤剧《百鸟衣》，当时轰动广州粤剧界，也开创了中华人民共和国成立后广西戏曲团体首次跨省演出的先河。该剧由当时的梧州文化局局长谭路和编剧龚平章合作，属于新编的神话粤剧。

此外，还有壮剧《百鸟衣》、彩调剧《百鸟衣》、歌剧《百鸟衣》。按照剧作家常剑钧的说法，20 世纪 80 年代以前，以舞台形式呈现的《百鸟衣》，虽然有一定规模和影响，但是存在许多问题，对故事基本上是照搬和模仿，囿于原来的民间传说。舞台呈现基本上是单面的善恶评判，缺乏现代意识。

20 世纪 80 年代，横州市校椅镇出现过两个本子，一个是五言山歌剧《百鸟衣》(五场)，一个是山歌舞剧《百鸟衣》，都是根据韦其麟的长诗《百鸟衣》改编的，呈现了当地独特的山歌艺术样式以及丰厚的百鸟衣文化底蕴。

1991 年，南宁市粤剧团排演壮族神话粤剧《百鸟衣》，同年，该剧赴香港演出。笔者从网上淘到了该剧剧本的油印本，通过本子对故事有所了解：古卡被土司威逼上百兽山打一百只野兽，他野兽没打着，却救了羽衣姑娘依娌。之后，两人结为夫妻。古卡的母亲知道羽衣是神衣，怕依娌飞走，就拿去烧毁了。土司为了抢夺依娌，出了各种难题来刁难古卡，但是都被依娌一一破解。后来土司强行把依娌抢走，古卡登上百兽山，历尽千辛万苦找到众仙姑，在众仙姑的帮助下，织成百鸟衣。他穿着百鸟衣到土司衙门去找寻妻子，运用百鸟衣的神力，手刃了土司，然后二人骑上骏马飞奔而去，从此过上了幸福的生活。

单从唱词来说，颇具文学色彩，情感表达很强烈，也很到位。比如古卡有一段唱词："依娌吐芳心，许身结凤盟，一片盛意一片真，几番欢情几番幸。怎奈古卡家道贫，命比黄连苦三分，空空囊如洗，猎与耕为生。竹篱难御朔风侵，茅舍灶冷无烟腾，怎住金玉人？有花难护荫。多谢垂青感不尽，汗颜哪敢配婚姻，百兽寿礼备不来，怎返家门神色黯。山中相逢虽有幸，无缘并蒂负妹心。”

依娌回答：“好一个仁人君子呀！诚挚恳切语温文，透出一颗老实心。飞雁南去更牵魂，怎息一点爱慕心？倘得君子结伴侣，相亲相爱永不禁。两挽弓，共耕织，仙身舍却亦无憾。羽衣身披金光凛，冲霄起舞两翼振，乘风飘飘在后跟。”

当依娌见羽衣被古卡的母亲拿去烧毁，几乎惊昏。她唱道：“怕见宝衣一炬毁，意乱神迷心惊悸，她哪知百鸟衣裳有神威，如有难——当可以祛灾解危。”我们从唱词中不难感受到这部壮族神话粤剧《百鸟衣》引人入胜的艺术魅力。

1996 年，上海美术电影制片厂以此叙事长诗为蓝本，制作了动画片《百鸟衣》，并在次年的中国电影金鸡奖中荣获最

1996 年，上海美术电影制片厂制作动画片《百鸟衣》

佳美术片的殊荣。

2013 年 5 月，历经两年多时间的策划与排演，大型壮族歌舞剧《百鸟衣》在广西南宁人民大会堂首演。该剧源于横州市石塘镇香炉村一带反映人与自然关系的百鸟衣故事，以艺术的呈现方式讲述壮族青年古卡、依娌集结百鸟力量，战胜作恶黑魔，恢复青山绿水的故事。该剧大胆创新传统歌舞剧的主体形式，在总体构架上使用双线结构进行设计：即充分发挥音乐、舞蹈两种艺术形式的作用，以舞蹈叙事，以歌曲抒情，同时发挥现代高科技的作用，在剧场内营造出如诗如画、似幻似真的舞台情境。

2016 年，由剧作家常剑钧担纲编剧的魔幻杂技剧《百鸟衣》上演。该剧以壮族经典民间传说为创作素材，融入花山壁画、铜鼓、壮族山歌等诸多文化元素进行创作。人物感情的流动和故事情节的推进伴以杂技艺术的精彩演绎。作为魔幻杂技剧《百鸟衣》核心节目的《瑶心鼓舞——蹬鼓》，在第十五届中国吴桥国际杂技艺术节上荣获“银狮奖”。据常剑钧介绍，魔幻杂技剧从花山羽人获得灵感，找到创作元素，把依娌塑造成从铜鼓飞出的一只太阳鸟，帮助坚韧不拔的壮家铸鼓人古卡完成神圣的使命。

20 世纪 80 年代，广西电影制片厂拍摄过电影《百鸟衣》。2017 年，由广西电视台都市频道制作的原创动画片《百鸟衣》获得第十三届中国国际动漫节“金猴奖”提名奖。

2020 年，取材于百鸟衣故事的电影《凤凰的微笑》项目在南宁启动。据有关报道称，该影片聚焦人与自然的矛盾，

扫码看视频

大型壮族歌舞剧《百鸟衣》剧照

1989 年，广西电影制片厂拍摄的电影《百鸟衣》剧照

广西电视台制作的动画片《百鸟衣》

扫码看视频

紧扣“绿水青山就是金山银山”的生态发展理念，用电影的手法生动讲述生态文明建设的美丽中国故事，深刻揭示人与自然、经济发展与环境保护之间的辩证关系和内在规律。电影表现的主题，在新冠疫情无情肆虐全球的当下，具有深刻的现实意义。截至 2022 年 5 月，电影已经拍摄完毕，但尚未上映。

绘画领域的《百鸟衣》也佳作迭出。最早的《百鸟衣》连环画于 1956 年由天津美术出版社出版（原著：韦其麟；改编：顾紫微；绘图：柴村）。广西人民出版社 1980 年出版过何纬仁绘画的连环画《百鸟衣》，此外，出版连环画《百鸟衣》的还有上海人民美术出版社、湖北人民出版社。

在这个领域，我们不能不提画家邓二龙。2010 年，他在人民美术出版社出版根据韦其麟同名长诗改编的连环画《百鸟衣》。他的画稿堪称“百米长卷”，现在还收藏在家中。“文化大革命”前他就开始画《百鸟衣》，后来画稿散失了。20 世纪 90 年代他重新拿起画笔，以“歌唱我的民族”的情感积累、丰富的艺术创作阅历，创作了他绘画历程上的巅峰之作《百鸟衣》。他的画风是装饰风格，在中国传统线描基础上融入了英国插画艺术家比亚兹莱插画技法，构图独特，富于变化和想象力，线条流畅细腻，整体上呈现清新和浪漫的气息，画中的一山一水、一物一景，极具壮乡特色。

2021 年 4 月，接力出版社出版《最后的百鸟羽衣》绘本，绘画作者是有海外留学经历的画家阿梗。绘本讲述了主题为“人类怎样才能与自然和谐相处”的发生在自然保护区的故事。

邓二龙绘制的连环画《百鸟衣》（部分）

绘本《最后的百鸟羽衣》（部分）

这个故事与传统的百鸟衣传说故事完全不一样，按照阿梗本人的说法，“只是借助了这个传说的某些羽毛，然后去发展成了另外一个形态和样子”。

阿梗笔下的百鸟衣斑斓灵动，线条飘逸，有浓郁的东方气息，东方水墨糅合了西方的水彩技法，充满想象力，极具视觉冲击力。阿梗原名潘丽泮，是广西艺术学院副教授、研究生导师。她画的百鸟羽衣插画入围第六届 BIBF 菠萝圈儿国际插画展。当问到在她心目中壮族百鸟衣应该是什么样子的时候，她回答：“是我画在绘本里的样子，是自然的，是百鸟之魂。”据行业内人士介绍，阿梗是个“出圈”的人物，很有影响力。英雄联盟（21 世纪火爆全球的竞技网络游戏）总部的首席插画家潘诚伟受阿梗的影响很大，他在多种场合跟他的学生说阿梗是他的“启明星”和“白月光”。这说明阿梗的艺术传播力有多广！

百鸟衣故事的保护与传承

2007 年，经广西壮族自治区人民政府批准，壮族民间故事“百鸟衣”列入首批自治区级非物质文化遗产代表性项目名录。2014 年，经国务院批准，壮族百鸟衣故事列入第四批国家级非物质文化遗产代表性项目名录。2019 年 11 月，《国家级非物质文化遗产代表性项目保护单位名单》公布，横县文化馆（横县非物质文化遗产保护中心）获得壮族百鸟衣故事项目保护单位资格。

2015 年以来，横州市把国家级非遗项目壮族百鸟衣故事列入年度重点文化项目，采取“静态保护”和“动态保护”相结合的措施。“静态保护”包括制订壮族百鸟衣故事深层挖掘保护计划，深入细致地彻底摸清壮族民间故事百鸟衣的发生、流传和发展的历史沿革，以及百鸟衣故事的历史内涵及价值；制订壮族百鸟衣故事的讲述人才培养计划，完善项目传承谱系，保证百鸟衣民间文学得以良性延续；制订编写壮族百鸟衣故事讲故事课程计划，等等。“动态保护”包括制订《百鸟衣》电影拍摄计划，制订百鸟衣传承基地、展示厅、文化长廊等基层设施建设计划，制订百鸟衣民间文学故事课程及故事进校园活动计划，制订壮族百鸟衣故事文艺展演活动

2013 年 5 月，韦其本在校椅镇给小学生讲百鸟衣故事

扫码看视频

计划，开展以壮族百鸟衣故事为题材的文艺作品创编活动，等等。精心的设计和系列措施的落实，让百鸟衣故事的保护取得了一定的成效。

横州市成立了壮族百鸟衣故事民间文学研究小组，多次召开壮族百鸟衣故事非遗代表性项目传承保护研讨会，深入挖掘壮族百鸟衣故事的丰富文化内涵。采取市级代表性传承人传授讲述故事方法、讲故事比赛等方式，培养故事讲述人才。以校椅中心小学为点开设百鸟衣故事民间文学故事会课程，编写壮族百鸟衣故事地方校本课程。

2015年至今，广西横州市已建立有广西顺来茶叶有限公司、校椅中心小学、城司小学、石井小学等壮族百鸟衣故事传承基地及故事会基地，还建有九龙瀑布群国家森林公园百鸟衣传承基地、百鸟衣文化影视园及宣传长廊等。

九龙瀑布群国家森林公园百鸟衣传承基地建有百鸟衣广场，立有一座百鸟衣巨型雕塑，雕塑的主题人物是公鸡姑娘依娌。她束发簪花，低垂着眼帘，像是在冥思。一只公鸡，又似凤凰，与她相对，头部离她的下巴很近，似乎也在冥思。飘飘的裙袂上缀着众鸟，众鸟向着公鸡飞翔，向着依娌飞翔。整个造型体现的是“百鸟朝凤”的情境。

九龙瀑布群国家森林公园里的百鸟衣雕像

“壮族百鸟衣之夜”文艺晚会

横州市还以校椅中心小学为中心，逐渐向周边石井、邓圩、城司、柳明等村（社区）的小学扩展，开展百鸟衣故事、绘画进校园活动，激发了小学生对民间本土文化的情感认同，有效推动壮族百鸟衣故事的普及和传承，同时还举办壮族百鸟衣故事专题晚会，创编舞蹈《百鸟齐飞》《百鸟朝阳》《百鸟朝凤》。2021 年以来，横州市开展百鸟衣书画展、壮族百鸟衣故事进校园等文明实践活动 15 场次，惠及群众 6 万余人，让广大群众近距离接触优秀传统文化，感受非遗文化的无穷魅力和特有的文化价值。

民间文学是广泛流传在社会大众之间的一种口头语言艺术，它的生存、传播和延续，靠的是广大民众之间的口传心授，也正是因为民间文学的这种口头传承和口头传播的特点，决定了这种艺术形式的易变性和不稳定性。不同的人讲述会有差别，即使是同一个人，不同的时间、地点，他的讲述也会有所不同，在细节上有增删、有发挥，或者有遗漏，甚至偶尔嫁接到别的故事上去，都是有可能的，但主要的线索和人物故事是不会改变的。

民间文学是与物质最为疏离的一种文化遗产，它最重要的价值是精神价值，对它的保护和传承，不容易产生“吹糠见米”的效益。由于经济社会的不断发展，壮族百鸟衣故事赖以生存的生态土壤和环境已经发生了很大变化，故事的传承面临诸多困难，需要政府的投入和支持，需要民间文艺工作者付出更多的智慧，在数字化建设和传承人培养方面拿出有力措施。目前壮族百鸟衣故事的自治区级代表性传承人仅有一位，远不能满足这项文化遗产的传承需求。

壮族百鸟衣故事承载着世代壮族民众的思想观念、道德信仰以及风俗习惯，蕴含着人们追求“真善美”的力量与源泉，是非常宝贵的壮族文化遗产。

因为写这本书，笔者与叙事长诗《百鸟衣》的作者韦其麟老先生通过几次电话，韦老先生知道笔者写百鸟衣，还专门写来了一封信，寄来了非常难得的原始资料，其中就有韦世足讲述版的百鸟衣故事铅字复印件资料。他给了笔者很好的建议，他说，既然是从非遗的角度来写，就要回到原始的故事和诞生这种文化的土壤中，不要以他的长诗作为依据。韦老的意思是，他的长诗是文人创作，已经是作家的作品，民间故事是他当年创作的素材，民间故事和文人作品是两个范畴，不能混为一谈。民间传说中的百鸟衣故事，男主人公叫张亚原，公鸡姑娘是没有名字的。韦其麟先生创作长诗时，给他们起名为古卡和依娌。现在有些人讲百鸟衣民间故事，直接就用古卡、依娌，这是不加考证的。

长诗《百鸟衣》在20世纪50年代取得的巨大成功让壮族的百鸟衣故事腾空而起，并且闪烁出耀眼的光芒，备受世人瞩目。一首长诗，刷亮了一个文化符号。从此，人们似乎认定，广西有一件极其美丽的“百鸟衣”。这件“百鸟衣”象征着壮族文学的高度，它被翻译成13个国家的语言，拓展了壮族文学的版图。我们应该看到，这是文学的力量所致。有时候，近乎沉睡的民间故事就像昏睡不醒的白雪公主，她得靠王子的吻把她唤醒，而这个“王子的吻”，就是文学。在楚国的历史上，民间祭祀的歌谣经过屈原灵性的表达化作传诵千古的《九歌》，而《九歌》的世界，已经是屈原创造的文学世界，另有怀抱和天地。

韦其麟先生在给笔者写的信中说：“这个课题关心的民间故事是否可以不限于横州市流传的？是否应该参照更广阔地域流传的这个故事？”“从非遗研究的角度看，着力点应该放在口头流传的真正民间故事上。”

笔者认为，我们在讲述民间故事百鸟衣时，应该考虑到老先生的建议，回到故事的源头，回到更为广阔的民间口头文学的世界。

百鸟衣作为审美事物的当代思考

可以这样说，百鸟衣是长期流传于壮族聚居地的一个非常动人的民间故事，是在广西的山山水水之间，广西民族文化的土壤中开出的灿烂花朵。

百鸟衣之所以充满魅力，大约是因为两个方面的原因：一是它的故事本身，二是这件“衣服”所蕴藏的文化信息和高度审美性。它诱发故事的讲述和发展，不同地域、不同时代的人们都可以通过各自的社会现实和生活经验拓展关于故事的想象，增添故事的枝叶，当然也可以按照各自的需要进行剪裁，但是，所有版本的故事共同遵循的核心内容都是主人公克服重重困难获得百鸟衣并依靠它取得斗争的胜利。百鸟衣诱发审美的发生，各种门类的艺术家都能从百鸟衣获得创作的灵感。鸟是羽族，集百鸟之羽为衣，显然是渴望获得自由和飞升，是人类试图超越现实苦难的精神性努力。这是一个充满着想象力的故事，有着天生的浪漫色彩。这个故事在流传过程中不断被完善，被多种艺术形式演绎，一直到现在，仍然具有强大的艺术张力和艺术感染力。在阿拉伯民间故事集《一千零一夜》里面有一篇《乌木马的故事》，结尾也是一对追求真爱的青年男女骑上一匹马腾空而去，很像百鸟衣故事。而公主的病只有等王子出现才会痊愈，在阿拉伯民间故事里，这样的情节屡见不鲜，在百鸟衣故事里也有映现——满面愁容的公鸡姑娘直到披羽衣的爱人出现才喜笑颜开。可以说，百鸟衣的故事血脉是连通世界优秀故事血脉的。

中国古代诸子百家典籍中讲述了许多故事，其中不少属于民间故事，比如东郭先生和狼、守株待兔、削足适履、黔驴技穷，等等。但这些故事急于表达思想和哲理，没有展开，没能让我们充分徜徉在故事的长河之中，享受波光浪影的五彩缤纷。而《一千零一夜》里的每个故事都是展开的，它们让我们洞悉人性的天真与善良、狡诈与邪恶。百鸟衣的故事也是展开的，因此它具有很强的可塑性和提升空间。中国久负盛名的汉族民间故事《梁山伯与祝英台》，在壮族聚居地也有壮族化的版本，故事梗概没有大变，但地名、生活习俗都壮族化了。这说明壮汉文化是相互融合、互相影响的，你中有我，我中有你，壮族人民很智慧地把优秀的文化迅速地内化为自己的文化，反之亦然。梁祝故事最打动人心的是“化蝶”，也是一个关于超越和飞升的主题。鸟的羽毛和蝴蝶的翅膀，这些轻盈的事物以及它们指向的精神领空，很可能是一个故事得以长久流传和演绎的原因。

作为广西人，很容易就可以想象得到，在那古远的时代，在这片水雾与云霞参差交错的大地上，草木繁茂，溪河纵横，鹭飞鱼跃，百兽奔腾，百鸟衣和它的故事诞生在这样的环境中，一点也不奇怪。1955 年，年仅 20 岁的广西诗人韦其麟以百鸟衣民间故事为素材创作叙事长诗《百鸟衣》，引起了很大的反响。他不仅把壮族的百鸟衣带到全国，带到全世界，还把壮族文学的清新气息和如诗似梦的原生态环境呈现在世人面前。韦其麟当时那么年轻，未必对百鸟衣故事的历史渊源理解得多么深透，或许他也只是抱着“试一试”的态度，但是他当时真的就把壮族最有代表性、最具精神性和理想性的东西拿出来了。这件“百鸟衣”让许多人惊呆了。这是以文学作品的审美性提升民间故事影响力的最有力的例证。

广西画家邓二龙高中毕业后辍学在家画插图谋生。他根据戏剧《刘三姐》画成的连环画《刘三姐》，由人民美术出版社出版，1963 年获得中国第一届连环画创作评奖绘画三等奖。连环画是装饰画，连续性是它的主要特点，在形象塑造上要求前后一致，画面构图前后要有变化，需要运用夸张等艺术手法。邓二龙根据题材内容要求，选择了得心应手的艺术手法，把壮族最美的景致画了出来，比如说光洁的鹅卵石、清清的流水，还有茂盛的树叶。他的线条充满壮乡大地的灵性，把刘三姐生活和唱歌的环境提炼得像仙境那样美。邓二龙非常喜爱韦其麟的长诗《百鸟衣》，经常捧读，他完全被百鸟衣的美打动了。“文革”前夕他就画了一百幅百鸟衣连环画，很可惜“文革”期间因托人保管而散失了。后来，等到他退休那一年，他又提起画笔，再次画起了他放不下的百鸟衣，这一画就画了一百米的长卷。那一幅幅精彩的画面，具有极高的美学价值。

百鸟衣的价值就在于它激发了多种艺术的想象力。不同的艺术可以不断地演绎它，阐释它。人们对美与自由的追求、向往，对飞翔的渴望，都融汇在里头了。仅听见“百鸟衣”三个字，你就能感觉万般的美丽、无尽的神奇，都在里面了。

整个中国南方，最美的、最轻盈的事物就是鸟的羽毛。在古代岭南方国向中央王朝进贡的奇珍异宝中，就有翠羽——美丽翠鸟的羽毛。这是南方最绚丽的礼物。邓二龙画刘三姐和百鸟衣，也许在他的意识深处，刘三姐在大地上行走，而百鸟衣在天空飞翔，这两件神奇的事物，壮民族都不能缺少。大地上有歌声，天空中也要有音乐、有色彩。刘三姐的故事里有苦涩，百鸟衣的故事里也有辛酸，但这不影响壮民族血液里的欢乐和阳光。《当代》1993年第1期头条推出广西作家常弼宇的中篇小说《歌劫》，写的是唱歌的劫难。小说透出一个观点，我们的民族之所以能够走过重重苦难，走到今天，就是因为它有崇尚自由和欢乐的信念。假如没有山歌，我们是过不下去的。山歌是我们摆脱肉体的沉重，超越现实苦难的金色之羽。韦其麟的长诗对百鸟衣民间故事有采集，也有发挥，更多的是创造与提升。文学的力量是非凡的，因为文学之羽也像百鸟衣之羽那样华美而神奇，它能够把一个故事、一种色彩带到人们的灵魂深处。同样，魔幻杂技、歌舞剧、电影、动漫、连环画等艺术形式，都为百鸟衣找到了它在当代存在的空间。

南方古老的天空和大地馈赠给我们的这件神奇的礼物，到底它对当下有什么重要的意义？这涉及传统与现代性，是一个值得深思的课题。当下人们普遍缺乏的就是想象力和创造力，这件宝物会帮助我们把它们激发出来。在世界民间文艺宝库中，作为想象事物存在的百鸟衣仅此一件，它闪耀着中国南方的神采，讲好它，就是讲好广西故事，讲好中国故事。它深藏着我们民族的精神气质和基因，它不仅勾连壮族，同时也勾连中华许多民族，是中华民族灿烂文化的一部分。越裳翡翠，五岭衣服共云山。衣服是服饰，更是相连大地山川的精神和文化血脉。在铜鼓锵锵的金声玉振中，羽人们摇着船只向彼岸进发，而传说中的神鸟正环绕着太阳的十二芒飞翔。现在资讯便捷，人们的想象力却似乎不如往昔那么丰盈。因为“复制”“粘贴”可以快速填补我们的“空白”，让人轻而易举抵达“十指不沾阳春水”的境界。《老子》说的“道法自然”古训已被低头的手机族像抛掷快餐盒一样抛到九霄云外。我们中的许多人现在都是知识的三道、四道贩子，沦为科学技术主义的提线木偶，缺乏对原始生命激情、对大自然创造力的慧眼发现和发展。没有文化底蕴、没有人文精神的科技终将走上邪路，必须溯源而上，遵循大自然赋予我们内心的触发，这才是正道。

献出羽毛的每一只鸟，都生活在森林中、云雾里，它吃草叶、树叶上的露珠，还有河沟里的鱼虾，以及各种飞虫，它的一饮一啄，全部是大自然中元气淋漓的东西。一切皆因大自然的慷慨赋予，它才能生出那么美丽的羽毛，它的歌声才如此清澈、透明、纯净，而不是像鼠类那样，总是发出冷嘲热讽、阴阳怪调。用百鸟之羽做成的衣服，它有着大自然的灵气。这件神奇的事物纵然是在故事中，但在我们的意识里，它仍然是无比珍贵的。它引导我们重新走向自然，重新回眸大地山川、诗意田园，重新找回生命的丰盛和轻盈，找回我们最初的感动和我们阔别已久的热泪。这就是百鸟衣这个古老的图腾能永远焕发出生机和光彩的深层次原因。我们现在被科技包围，被各种便捷的程序包围，面对五光十色的世界，却会在突然之间发现自己的内心是如此苍白、贫弱，我们思想的羽翼、情感的翅膀无法伸展。天空没有神鸟的翅膀，大地便没有清晰的图卷；云层没有扑动的羽翼，山冈就会黯然失色；林间没有清越的歌唱，溪水就会枯竭消匿。

像邓二龙这样的艺术家，他凭直觉就知道这是广西最有价值的元素，他一直都放不下百鸟衣“这件衣服”。这件衣服，宛如一件神秘的道袍，被这个民族有良知的行者悄悄地披着，传承着，他们行走在城市之中，身上披着一件无形的衣服。这衣服，是遥远而斑斓的梦想，也是神圣的使命，是人类精神世界最深处的渴望和赞叹。精神世界里的事物是如此引人入胜，那里藏有我们讲不完的故事。一百只鸟，甚至一千只鸟、一万只鸟、十万只鸟，都不特别，因为这是客观存在的，但是用一百只鸟的美丽羽毛做成一件衣服，这需要非凡的想象力和创造力。它是文化的荟萃，是精神的凝聚，是灵气的集结，是力量的升腾，因此它才会帮助人们超越现实苦难，抵达理想的彼岸。百鸟衣带给我们的是灵动和灵气，还有灵感，它堪称钟灵毓秀，集合天地山川的美丽和神奇，启发了滚滚而来的壮族故事和历史，也启发了无穷无尽的审美想象。我们内心有这样闪动着灵光的理想，我们才有灵魂。

附录

项目简介

壮族百鸟衣故事

国家级非物质文化遗产代表性项目

项目序号：1241
项目编号：Ⅰ-147
公布时间：2014 年（第四批）
类别：民间文学
类型：新增项目
申报地区或单位：广西壮族自治区横县
保护单位：横县文化馆（横县非物质文化遗产保护中心）

壮族百鸟衣故事为壮族民间传说，主要流传于横州市的校椅、马岭、陶圩、莲塘、那阳、南乡、云表、平马、峦城、平马等乡镇，流布于广西壮族群居之地，并传播到了俄罗斯、英国、法国、意大利、日本、新加坡等国家。1955年，壮族作家韦其麟据此传说作叙事诗，使其为众人所知。1959年，广西壮族自治区科学工作委员会和壮族文学史编辑室将百鸟衣故事收录于其所编写的《壮族民间故事资料》。

故事的大致情节是：青年农民张亚原和母亲相依为命，以卖油团维持生计。一天，亚原卖完油团，在回家的路上遇到一只鸡，这只鸡随他回家，留而不去。后来鸡变为一美丽女子，嫁与亚原为妻，不想却被一状元抢去，献给皇帝。亚原依妻子言，购一百只白鸽取羽毛做成百鸟衣，并到宫中表演。亚原借舞蹈、献衣为名，让皇帝穿上百鸟衣，自己则穿上龙袍，之后将皇帝打死。

壮族百鸟衣故事是壮族先民在长期生产劳动、生活积累中创作出来的民间文学精粹，记录着壮民族生息繁衍的自然环境、历史变迁、民族习俗、伦理道德和宗教信仰等信息。故事情节生动有趣，人物鲜明可感，具有强烈的浪漫神话色彩，是现实主义与浪漫主义的统一体，不仅记录了壮族人民的艰辛和欢乐、理想和愿望，也表达了壮族人民反抗封建统治阶级残酷压迫，追求自由和坚贞爱情的思想情感。

壮族百鸟衣故事以一个勇于抗争的英雄故事，一曲铿锵有力的爱情恋歌，造就了壮民族的民间文学光华及民族艺术传奇。2014年，经国务院批准，壮族百鸟衣故事列入第四批国家级非物质文化遗产代表性项目名录。

传承人小传

扫码看视频

韦其本 WEI QIBEN

壮族百鸟衣故事自治区级代表性传承人

韦其本，男，壮族，1941 年生，广西横州市人。2007 年，经广西壮族自治区人民政府批准，壮族民间故事“百鸟衣”列入首批自治区级非物质文化遗产代表性项目名录。2014 年，经国务院批准，壮族百鸟衣故事列入第四批国家级非物质文化遗产代表性项目名录。2019 年 12 月，韦其本被认定为第六批自治区级非物质文化遗产代表性传承人。

韦其本自幼喜爱民间文学，尤其对壮族百鸟衣故事情有独钟，10 岁时经同村前辈口传身教，对流传于横州市校椅一带的百鸟衣故事熟记在心。初中毕业后，任生产队会计，打得一手好算盘。他算盘打得响，故事也讲得好。在溪边林畔、田间地头，劳动之余，韦其本都会给农友们讲百鸟衣故事。张亚原和公鸡姑娘的爱情故事、百鸟衣的神奇威力通过他的讲述，印刻在每个人的心灵深处，让人不由得萌生对真善美的无限向往、对邪恶势力的强烈憎恨。

1968年，韦其本走上教师工作岗位，在课余时间或者班会课上，他都会给学生讲述百鸟衣故事。通过他的精彩讲述，许多小学生都熟知校椅镇流传的壮族百鸟衣故事。

韦其本对百鸟衣口头文学艺术精髓有着深刻理解，他继承了民间讲述者的优点，又有自己的特色。他的嗓音浑厚宽亮，在讲述百鸟衣故事时，配合简单的动作，洒脱大方，极大地提升了民间故事的魅力。他对故事情节的把握精准，情感流露张弛有度，有时还故意“留白”，让听众沉湎在远古的想象和无边的旷野中，自己补充余下的故事发展。

他的讲述彰显了民间口头文学非凡的艺术张力，并获得了各级专家的认可，在百鸟衣民间故事的传承中发挥了重要作用。

近年来，韦其本每年都进校园开设壮族百鸟衣故事讲堂，他还利用区、市、县开展的文化活动为广大民众宣讲、宣传百鸟衣故事，多次参加区、市、县非遗部门组织的传承人学习培训班，并担任指导老师，为横州市及其他县区培养了一批讲述百鸟衣民间故事的传承人。

广西国家级非遗代表性项目名录

序号	名称	类别	公布时间	保护单位
1	布洛陀	民间文学	2006 年（第一批）	田阳县文化馆
2	刘三姐歌谣	民间文学	2006 年（第一批）	河池市宜州区刘三姐文化传承中心
3	壮族嘹歌	民间文学	2008 年（第二批）	平果县民俗文化传承展示中心
4	密洛陀	民间文学	2011 年（第三批）	都安瑶族自治县文化馆
5	壮族百鸟衣故事	民间文学	2014 年（第四批）	横县文化馆（横县非物质文化遗产保护中心）
6	仫佬族古歌	民间文学	2021 年（第五批）	罗城仫佬族自治县文化馆
7	侗族大歌	传统音乐	2006 年（第一批）	柳州市群众艺术馆
8	侗族大歌	传统音乐	2006 年（第一批）	三江侗族自治县非物质文化遗产保护与发展中心
9	多声部民歌（瑶族蝴蝶歌）	传统音乐	2008 年（第二批）	富川瑶族自治县文化馆
10	多声部民歌（壮族三声部民歌）	传统音乐	2008 年（第二批）	马山县文化馆
11	那坡壮族民歌	传统音乐	2006 年（第一批）	那坡县文化馆
12	吹打（广西八音）	传统音乐	2011 年（第三批）	玉林市玉州区文化馆
13	京族独弦琴艺术	传统音乐	2011 年（第三批）	东兴市文化馆

续表

序号	名称	类别	公布时间	保护单位
14	凌云壮族七十二巫调音乐	传统音乐	2014年（第四批）	凌云县文化馆
15	壮族天琴艺术	传统音乐	2021年（第五批）	崇左市群众艺术馆
16	狮舞（藤县狮舞）	传统舞蹈	2011年（第三批）	藤县文化馆
17	狮舞（田阳壮族狮舞）	传统舞蹈	2011年（第三批）	田阳县文化馆
18	铜鼓舞（田林瑶族铜鼓舞）	传统舞蹈	2008年（第二批）	田林县文化馆
19	铜鼓舞（南丹勤泽格拉）	传统舞蹈	2014年（第四批）	南丹县非物质文化遗产保护传承中心
20	瑶族长鼓舞	传统舞蹈	2008年（第二批）	富川瑶族自治县文化馆
21	瑶族长鼓舞（黄泥鼓舞）	传统舞蹈	2011年（第三批）	金秀瑶族自治县文化馆
22	瑶族金锣舞	传统舞蹈	2014年（第四批）	田东县文化馆
23	多耶	传统舞蹈	2021年（第五批）	三江侗族自治县非物质文化遗产保护与发展中心
24	壮族打扁担	传统舞蹈	2021年（第五批）	都安瑶族自治县文化馆
25	粤剧	传统戏剧	2014年（第四批）	南宁市民族文化艺术研究院（南宁市戏剧院、南宁市非物质文化遗产保护中心）
26	桂剧	传统戏剧	2006年（第一批）	广西壮族自治区戏剧院
27	采茶戏（桂南采茶戏）	传统戏剧	2006年（第一批）	博白县文化馆
28	彩调	传统戏剧	2006年（第一批）	广西壮族自治区戏剧院

续表

序号	名称	类别	公布时间	保护单位
29	壮剧	传统戏剧	2006 年（第一批）	广西壮族自治区戏剧院
30	侗戏	传统戏剧	2011 年（第三批）	三江侗族自治县非物质文化遗产保护与发展中心
31	邕剧	传统戏剧	2008 年（第二批）	南宁市民族文化艺术研究院（南宁市戏剧院、南宁市非物质文化遗产保护中心）
32	广西文场	曲艺	2008 年（第二批）	桂林市戏剧创作研究院（桂林市非物质文化遗产保护传承中心）
33	桂林渔鼓	曲艺	2014 年（第四批）	桂林市群众艺术馆
34	末伦	曲艺	2021 年（第五批）	靖西市文化馆
35	抢花炮（壮族抢花炮）	传统体育、游艺与杂技	2021 年（第五批）	南宁市邕宁区文化馆（南宁市邕宁区广播影视站）
36	竹编（毛南族花竹帽编织技艺）	传统美术	2011 年（第三批）	环江毛南族自治县非物质文化遗产保护传承中心
37	贝雕（北海贝雕）	传统美术	2021 年（第五批）	北海市恒兴珠宝有限责任公司
38	骨角雕（合浦角雕）	传统美术	2021 年（第五批）	合浦金蝠角雕厂
39	壮族织锦技艺	传统技艺	2006 年（第一批）	靖西市文化馆
40	侗族木构建筑营造技艺	传统技艺	2006 年（第一批）	柳州市群众艺术馆
41	侗族木构建筑营造技艺	传统技艺	2006 年（第一批）	三江侗族自治县非物质文化遗产保护与发展中心

续表

序号	名称	类别	公布时间	保护单位
42	陶器烧制技艺（钦州坭兴陶烧制技艺）	传统技艺	2008年（第二批）	广西钦州坭兴陶艺有限公司
43	黑茶制作技艺（六堡茶制作技艺）	传统技艺	2014年（第四批）	苍梧县文化馆
44	米粉制作技艺（柳州螺蛳粉制作技艺）	传统技艺	2021年（第五批）	柳州市群众艺术馆
45	米粉制作技艺（桂林米粉制作技艺）	传统技艺	2021年（第五批）	桂林市戏剧创作研究院（桂林市非物质文化遗产保护传承中心）
46	龟苓膏配制技艺	传统技艺	2021年（第五批）	广西梧州双钱实业有限公司
47	壮医药（壮医药线点灸疗法）	传统医药	2011年（第三批）	广西中医药大学
48	京族哈节	民俗	2006年（第一批）	东兴市文化馆
49	三月三（壮族三月三）	民俗	2014年（第四批）	南宁市武鸣区文化馆
50	瑶族盘王节	民俗	2006年（第一批）	贺州市群众艺术馆
51	壮族蚂蜗节	民俗	2006年（第一批）	河池市非物质文化遗产保护中心
52	仫佬族依饭节	民俗	2006年（第一批）	罗城仫佬族自治县文化馆
53	毛南族肥套	民俗	2006年（第一批）	环江毛南族自治县非物质文化遗产保护传承中心
54	壮族歌圩	民俗	2006年（第一批）	南宁市民族文化艺术研究院（南宁市戏剧院、南宁市非物质文化遗产保护中心）
55	苗族系列坡会群	民俗	2006年（第一批）	融水苗族自治县文化馆

续表

序号	名称	类别	公布时间	保护单位
56	壮族铜鼓习俗	民俗	2006 年（第一批）	河池市非物质文化遗产保护中心
57	瑶族服饰	民俗	2006 年（第一批）	南丹县非物质文化遗产保护传承中心
58	瑶族服饰	民俗	2006 年（第一批）	贺州市群众艺术馆
59	瑶族服饰	民俗	2014 年（第四批）	龙胜各族自治县文化馆
60	农历二十四节气（壮族霜降节）	民俗	2014 年（第四批）	天等县文化馆
61	宾阳炮龙节	民俗	2008 年（第二批）	宾阳县文化馆
62	民间信俗（钦州跳岭头）	民俗	2014 年（第四批）	钦州市非物质文化遗产传承保护中心
63	茶俗（瑶族油茶习俗）	民俗	2021 年（第五批）	恭城瑶族自治县油茶协会
64	中元节（资源河灯节）	民俗	2014 年（第四批）	资源县文化馆
65	规约习俗（瑶族石牌习俗）	民俗	2021 年（第五批）	金秀瑶族自治县文化馆
66	瑶族祝著节	民俗	2021 年（第五批）	巴马瑶族自治县文化馆
67	壮族侬峒节	民俗	2021 年（第五批）	崇左市群众艺术馆
68	壮族会鼓习俗	民俗	2021 年（第五批）	马山县文化馆
69	大安校水柜习俗	民俗	2021 年（第五批）	平南县文化馆
70	敬老习俗(壮族补粮敬老习俗)	民俗	2021 年（第五批）	巴马瑶族自治县文化馆

注：保护单位名称以国务院公布的项目名录信息为参照

书籍设计 | 刘瑞锋　钟　铮　黄璐霜

音像制作 | 钟智勇　王　涛

插图绘制 | 邓二龙　阿　梗　董　韬

图片摄影 | 何述强　周晓波　吴练勋　王梦祥
于轼霖　农瑞群　蒙　海　周　军

图片提供 | 横州市文化馆
横州市融媒体中心
接力出版社
广西戏剧院
广西广播电视台都市频道

视频提供 | 广西非物质文化遗产保护中心
南宁市艺术剧院有限责任公司
广西戏剧院
广西广播电视台都市频道
广西金海湾电子音像出版社